# 中国女诗人诗选——2023年卷

施施然　主编

山西出版传媒集团　北岳文艺出版社
BEIYUE LITERATURE & ART PUBLISHING HOUSE
·太原·

**图书在版编目（CIP）数据**

中国女诗人诗选.2023年卷 / 施施然主编. -- 太原：北岳文艺出版社，2024. 8. -- ISBN 978-7-5378-6888-4

Ⅰ. I227

中国国家版本馆CIP数据核字第202404DP92号

# 中国女诗人诗选 | 2023年卷

**施施然◎主编**

出品人
郭文礼

选题策划
左树涛

责任编辑
左树涛

封面设计
彭振威设计事务所

印装监制
郭　勇

出版发行：山西出版传媒集团·北岳文艺出版社
地址：山西省太原市并州南路57号　邮编：030012
电话：0351-5628696（发行部）　0351-5628688（总编室）
传真：0351-5628680
经销商：新华书店
印刷装订：山西新华印业有限公司

开本：787mm×1092mm　1/16
字数：306千
印张：22.75
版次：2024年8月第1版
印次：2024年8月山西第1次印刷
书号：ISBN 978-7-5378-6888-4
定价：69.80元

# 《中国女诗人诗选（2023年卷）》
# 编委会

# 目录 / contents

## 北京女诗人

## 河北女诗人

## 黑龙江女诗人



## 吉林女诗人



## 内蒙古女诗人

## 宁夏女诗人



## 甘肃女诗人



## 陕西女诗人

## 青海女诗人



## 四川女诗人

## 重庆女诗人



## 贵州女诗人



## 云南女诗人

## 河南女诗人



## 安徽女诗人



## 江苏女诗人

## 上海女诗人

## 湖北女诗人



## 湖南女诗人

## 江西女诗人



## 浙江女诗人

## 福建女诗人



## 广西女诗人

## 海南女诗人



## 广东女诗人

# 北京女诗人

## 蓝蓝的诗

蓝蓝，生于山东烟台，祖籍河南，现居北京。出版中文诗集《内心生活》《睡梦，睡梦》《诗篇》《从这里，到这里》《一切的理由》《从缪斯山谷归来》《唱吧，悲伤》《世界的渡口》等十九部，童诗集《诗人与小树》《我和毛毛》，中英文双语诗集《身体里的峡谷》《钉子》，英语诗集《蓝蓝的诗》，俄语诗集《歌声之杯》，西班牙语诗集《诗人的工作》，散文随笔集八部，童话五部等。获第四届“诗歌与人·国际诗歌奖”、第三届袁可嘉诗歌奖·诗人奖、第十六届华语传媒文学盛典“年度诗人”、第十一届全国优秀儿童文学奖（诗歌）等。

### 雪在下

不能把自己活成一声诅咒。

但爱，不要触碰我
让我在迷蒙的大雪中
远远看到你。

给我的嘴以诉说你的语言。

为了不被烫伤
我要求一块寒冷的冰。

给我更多犹疑的镜子
使我成为更多的犹疑。

阻止我的诗成为欠条
和夸张的肥皂泡。

而那声诅咒像石块
坚持它执拗的敲打，在这首诗中
发出低沉的回声。

## 我的爱是一棵树

我的爱是一棵树，是
一动不动的
旅行者。

当它在岁月里
继续奔走
祝福它笔直，高大
幸福地忍受
烈日和暴雨，以及

必然的刀斧。

## 对德国诗人说

如果一个人爱上了一匹马
那么他就会成为一个马人
从古希腊的山林里走出来

在古代的中国，两个不幸的恋人
活着时不能在一起

死后就会变成蝴蝶飞到田野里去
那是人间的帝王无法管辖的地方

我曾幻想长出翅膀，在天空飞
现在，你知道，我成了一个诗人

如果我愿意，我能飞到南极或
喜马拉雅山的雪峰，借助
那些诗句——它们无所不能

想象生下它们——

想象是什么

是渴望融入另一个人或事物的爱

写诗，就是通往善的道路
而善就是对他人的痛苦的想象力

## 潇潇的诗

潇潇，现居北京。诗人、画家。出版中外文版诗集十二部。作品被翻译成英、德、日、法、俄、越南、印度、西班牙、意大利等多国语言。“潇潇”词条被收入文学词典《外国当代文学批评词典》(顾彬撰写)。

### 流金

周围，滚烫的黄金在流淌
当心！陶醉的深渊
一只天空的眼睛
凝视着你，和野茫茫的世界

### 冷泉

我落在人群最后，喧嚣渐渐走远
享受独自一个人
坐在一块火山石的黑色上

许多执念像浮石的空洞
人世间争斗的死皮
终将被时间的鱼儿吃掉

我捧起冷泉，嘴里咀嚼着
数万年流淌的时光

从牙缝到喉咙到心肝
到阳光散漫的回甜，沁人肺腑
哦，久违了
这多么像自由的味道

## 时间弯曲 20 年后

我的脑洞绽开
从现在到过去，到未来
从风吹怪柳，到日月交辉

那一天，在扎鲁特草原
被远道赶来的诗人们
惊扰的月亮
忍不住
下午五点就到敖包
与太阳接头

我怀着虔诚低落的心

转第一圈，我弯腰
找到一块小石头扔上去
转第二圈
找到一块丑石头扔上去
转第三圈
我撬出一块大石头
拼命用力扔上去

犹如，把我的现在扔上去
把我的过去扔上去
把我的未来扔上去

# 吕约的诗

吕约，生于湖北，现居北京。文学博士，十月文学院执行院长。著有诗集《吕约诗选》《回到呼吸》《破坏仪式的女人》，专著《喜智与悲智》，批评文集《戴面膜的女幽灵》等。

## 高僧的遗嘱

法师圆寂第二天，我们好奇地盯着手机
看他留给门徒和世人的自白
遗嘱写于十二年前，从钱谈起
五千字，比古代高僧遗偈漫长得多
删去的话更多

絮絮叨叨拉家常，忽然蹦出一句
“我没有舍利子”
诚实得足以赎回一切
鸠摩罗什“舌不焦烂”
弘一法师“悲欣交集”
也黯然失色

半是圣徒，半是俗子
半是俗子，半是圣徒
苛刻的人怀疑他跟尘世太亲
尘世却害怕他待得太久

## 杀神经

牙痛失眠三夜，我拍打右脸
跟牙根深处尖叫的神经谈判：
来，如果你向最后一片去痛片投降
就可以和迟钝的肚子、大腿一起
陪我活到世界末日
——它拒绝了，继续煽动其他神经
从麻木中苏醒，膨胀
仿佛它是苏格拉底或鲁迅

闭嘴，神经！不许你学苏格拉底
为自己作临刑辩护
更不许学佛陀伸出手指，说豪宅已着火
不，我不恨导致疼痛的病变
恨它就等于承认自己的无能
还是恨你更轻松

牙医启动断头台，抽干牙髓，拔除神经
再把缓刑三年的病根深藏起来
现在，支撑它和我的
是最结实的空虚

## 我嫉妒她的坦荡自然

北方小城的夏夜
回荡着喝酒、吃肉、骂人的声音
穿蝴蝶睡衣的老板娘
坐在门口小板凳
她的莲花宝座上

给一群光肚皮壮汉讲睡前故事
我问，哪个汤好
“当然是羊肉萝卜汤，我最喜欢的”

我嫉妒她的坦荡自然
深信“我最喜欢的”
就能带给人幸福
像晚年的托尔斯泰

“我最喜欢的”——我也有
却从不敢脱口而出
向任何一个走近询问的人推荐
哪怕他们饥肠辘辘，满怀信任

## 秦立彦的诗

秦立彦，诗人、译者，现任教于北京大学中国语言文学系。出版诗集《地铁里的博尔赫斯》《可以幸福的时刻》《各自的世界》《山火》。获2022年度人民文学奖·诗歌奖、第十二届丁玲文学奖·作品奖（诗歌类）等。

### 冰山般的树

树是一种冰山，
只有一部分被世界看见。
它的根仿佛地上的倒影，
一棵向下生长的树，
被地心的太阳吸引。
它沉默而缓慢，
在黑暗中摸索，
最终让自己与大地无法分割。
它从大地深处的源泉汲取生命。
就这样，树指向两个相反的方向，
但没有断裂，
在光与暗中它睁着许多不同的眼睛。

### 天空

那弯曲在我们之上的寂静的天空。

它与大海相对，

同样的蓝在它们中涌动。
大海永远涛声起伏，
而它如同一面无言的镜子。

它弯曲在喧嚣的城市之上，
火车穿过的平原之上。
有时候风在它下面奔驰，
但不会触动它，
风的声音不是它的声音。
飞鸟的叫声加深了它的寂静。

然而当它骤然开口，
当雷电的火车滚滚而过，
它震动，一次次炸裂又愈合，
那时大海和大地都屏住呼吸，
像被恐惧攫住的孩子。

## 注视一颗星

不必限定是哪一颗，
也不必知道它的名字。
比如天顶中央的那一颗，
此刻它正从那一点经过。
它与世界上一切的火都不同，
没有烈焰，没有燃烧的声音，
但它不会熄灭。
因为遥远的距离，
一件渺小之物，
可以注视一件至大之物。
距离是有益的，

否则我们如何承受自己的渺小。
当我们收回目光，
会发现草叶和秋虫都变得亲切，
仿佛一条孤舟上的同渡者。

# 戴潍娜的诗

戴潍娜，江苏南通人，现居北京。《光年》主编，现供职于中国社会科学院。出版诗集《灵魂体操》等，专著《未完成的悲——周作人与霭理士》，译有《天鹅绒监狱》等。自编自导戏剧《侵犯》。获 2017 太平洋国际诗歌奖·年度诗人奖、第六届剑桥徐志摩诗歌艺术节银柳叶青年诗歌奖。

## 小落日

即将消散的晚春
他邀我赏小落日——
我猜，它会像心尖上滑过的最小念头
唯恐古寺燕子将它衔走
我们急急钻入房间
屋顶开孔
薄薄的正方形天窗
嗨，这儿有片天，想送你

四壁的光亮随我们的体温上升
多对视一秒，天色都会改变
赤焰将浓浓的蓝色清洗，
时而碧海，时而熔岩般的橙天
这一小方天空画框
框住了游云，
燕子亦如冲进古匣的猛禽，
若此刻落下一滴雨，必能撞破我的心

我们绝望地徒手比画望远镜
小落日何时才肯落入我天井？
从他更小的指圈望去
我几乎忘记天原是蓝色
——兴许从来也不是。
天窗这时熄灭，
一大块黑色电子屏——
有人播放了蓝天！
现在我可以确信：
有些理想从未存在
但不要紧，亲爱的
我们
创造它
从现在起

## 灵魂通信

唯有最欢愉的人，有资格沦为最悲伤的人
唯有新鲜的生命，可抵消衰死的命运

白云，你的新坐骑？
寄来另一座城市的歌声
我把一生正着念了一遍，又倒着念了一遍
齿间，经书滚若咒珠，道不清——
前尘与后世，一轮轮回炉的爱
墓园将是未来之花园

我见证，你从死亡中习得了欣喜
浇入嘴角的泪，竟尝出新泉的甜沁

一瞬间，死亡叫你没了脾气
一转念，你又恢复了儿时的淘气
腻味了在这世上被尊为垂暮老者
另一处光明之地，你就是最新鲜的来宾

记住，我们保持灵魂的通信

## 安琪的诗

安琪，本名黄江嫔，福建漳州人，现居北京。中国作家协会会员、中国诗歌学会常务理事。出版有诗集《极地之境》《美学诊所》《万物奔腾》《未完成》《秘境之旅：内蒙古诗篇》《你无法模仿我的生活》《暴雨和绵羊》及随笔集《女性主义者笔记》《人间书话》等。

### 给妹妹

但我早已预知，一切的结局，譬如你，譬如我
都是我们自己决断的
一切的结局，都没能，给父母，带去美好的
关于此生的回忆
我们都是父母的坏孩子，我们用一连串的恐慌
把父母训练得，胆小如鼠。

### 赌徒

你用一个没有难度的词语陷害我
我的赌徒
你坐在我身边像赌徒眼里的赌徒
因为我们都是赌徒所以我怕
或者不怕
你

你低着头假装很安静
假装不知道安静的安，安全的安，安琪的

安
无数人问我：安
或者不安？却不知安和不安其实是一码事
其实，那么多年你一直在
诗里，比较疯狂
比较不在小说里

## 突然多出的黑暗

突然多出的黑暗，从你体内长出，一株爬行的
有触须的植物：黑暗

它舔到我的脚踝，心，预先感到恐惧，哦碎裂的
心，别再给它铁锤，这个蹲在自己心里的人已经

绝望多时，别再给她没有边际的等待，门时开时关
影子们渐渐牢固，在我每天必醒的床上，影子们

先于我挡住阳光，突然多出的黑暗，又多出几寸
它们加快速度，突然拉住命运的衣角，它们迫不及待

想改变我的余生，想把我遗弃，在提前到来的虚无里
我的身体不想被它化解，我不想被它化解

我看到你体内长出的黑暗，沉默、顽固，渐渐有了
石头的形状，关于石头，我知道两块：一块在

《西游记》里，一块在《红楼梦》里。关于石头
我曾写过：在北京，如果可能，请允许我以此

为终点，活着，死去，变为一块石头。所以突然
多出的黑暗，你只是我提前变成的

石头，你是我的石头，我不惧怕你。

## 杨碧薇的诗

杨碧薇，云南昭通人，现居北京。文学博士，艺术学博士后，任教于鲁迅文学院。出版诗集、散文集、学术批评集共七部。网课《汉语新诗入门：由浅入深读懂汉语新诗》入驻腾讯视频。

### 爽快

爱一个人最好的事莫过于
从发芽到盛放都不惧枯萎
从心灵到身体全给了他
感觉到自己是一团烈火，正好他也是
抱在一起就火树银花
烧到极限便化为灰烬

### 水中象国

象群涉过娜普娣河
她反坐于象背
岸开始漂移
满头红花的凤凰树
草香烟煴的碧野，以及顷刻变幻又
越来越远去的云
皆缓缓运镜
一寸一寸，转出视线边际

仿佛移动的不是大象

是河以外的一切

心中薄雾笼罩的异国客远行归来
只这一念，已离世界十万八千里
只这一念，她和象进入时间的骤停
构成一个整体

## 诗人和艺术家恋爱

“那运作星象的谁，打了个喷嚏，
手一抖，让我们相遇。”
“在时间的最小单位，
海洋倒灌，火山隆起。”

“你原本不是我喜欢的类型，
我竟被意想不到的物种吸引。”
“你是意外，也是我
过去与现在的总和。”

“那么未来呢？”
“你已经是我未来的一部分了，
在遇见时，
不，在很久前，当时我们还没遇见。”

“等等，从一重梦推进另一重梦，
容我喘口气……”
“再也不区分白天和黑夜，
从潜泳到出浴，零和亿交替。”

“你在激发我。”
“你在唤醒我。”

“荒芜也放光，哪怕繁盛落幕又荒芜。”
“创世不过如此，末日也不那么狰狞了。”

“是的，因为我在你另一种形式的创造中看到我。”
“看到我想呈现却没有呈现的部分；
以及我未曾意识，但本就是我的一部分。”

“在创造中我更想爱；
在爱中，我却想死；
哎呀我的天，我要死了，我想让死也去体验爱。”
“你能行的，
让爱把死救活，让死永远爱，
一起吧，我们创造，并且爱。”

“所以死有什么了不起呢？”
“它撼动不了爱。”

——“可你知道，事情往往就是这样——”
“这份爱写尽了我们的天使面孔，
也画出了我们
献给魔鬼的一面。”

“你怎么这等偏执！”
“你居然这般狭隘！”

自私，冷漠，卑鄙，贪婪，
恶劣，歹毒，丑陋，善变，
幼稚，阴险，专横，腹剑，
以上讨伐请再来一百遍……

"胡搅蛮缠！"
"不可理喻！"

"你个变态！"
"你个疯子！"

"我恨不得把你剐了！"
"我真该把你钉起来鞭尸！"

"给我滚滚滚滚滚滚滚！"
"你去死吧吧吧吧吧吧！"

唉，歇一会儿
想想当初……

"我不想要你离开。"
"你不打算抱紧我？"

"你傻不傻？"
"还闹不闹？"

"我爱你，但你是大家的。"
"我爱你，你是大家的，更是我的。"

"我接受你就是接受我自身的残缺，
弱点、软肋、有限性。"
"放松点，我们相加，才能趋向无限。"

"愿你是人类的。"
"愿你是人类的。"

愿我们是人类的。

# 花语的诗

花语，现居北京。诗人、画家、策展人，宋庄诗画艺术同盟会会长，2021 年在北京举办首次个人画展。参加第二十七届青春诗会，著有诗集三部。获“2018 年度十佳华语诗人”称号、第三届中国（佛山）长诗奖、第四届海子诗歌奖提名奖、首届海燕诗歌奖等。

## 落花

一路地西斜
一路地撒下花瓣
我低着头
假装不是带刺的光线

一些细节渐渐被忽略
总有一些凋落，轻易
就跌入眼帘

后来，我不再爱你
不再想念铁轨两旁路基
金色的野菊。因为

我有更严重的疼，代替了
想你

## 病历上的诗句

练习最后一次开花
在病历上写下虫蛀的诗句
我终要穿过漫漫长夜
等待死亡和黎明
打开窗
卸下尘世最后一缕重负
落花的归宿在我眼前
成千次地飞舞
我便是那枯萎中的一截，静默成土

荒凉的北方，鹊巢空筑的北方
我远远地逃来
以为可以找到爱情
孤独的马匹，摘下果实
我饱满的指肚，空弹虚无
又一个春天，又一个繁花似锦的春天
潮涨潮落。花开了又谢
月圆了再缺
我又一次在期待和绝望中
紧攥荒芜

## 眼泪

眼泪！
我在纸上写下这两个汉字
——这被受难者
反复使用的药棉
饱蘸盐水、苦水和委屈

际遇和光阴的台阶
让我反复跌伤
所以，它们从我的窗口泼出来
被阳光反复蒸发后
变成雨
又落在了我的，棉花田

现在，我的秋天水分充足
稍有风吹草动
便轻起涟漪

## 张慧君的诗

张慧君，诗人、译者，北京大学医学博士。诗文、译作发表于《诗刊》《思南文学选刊》等刊物。著有诗集《命如珍珠》，译有《宁静时光的小船：简·肯庸诗全集》。参加第三十八届青春诗会。获第七届未名诗歌奖，首届南方诗歌奖青年诗人奖提名，等。

### 他人的凝视

从听到他最初的赞美开始，
她就在想象来自他的凝视。
然而，爱如鲜花不能经久，
渐渐地，被看者的存在被
那审视和评判的目光否定。

从接受他热情的求爱开始，
她就在歆慕他所在的那片
丰饶瑰丽、能航行的大陆。
当爱消逝，它如船轻捷地
驶走。她久久地收不回眼。

她终于回转眼睛。如潮水
消退，内化了的凝视脱落。
她的小小世界经历着时间，
光线在变幻，树叶换颜色。
唯在睡梦中爱念才会苏醒。

## 一个女人致她的姐妹

想到城市里、大陆上有那么多姐妹
像你一样璀璨、卓越、潇洒而特立独行
过着丰盈斑斓而真实的生活，我就获得了安慰。
我将永远记得那个仲夏夜，像一切仲夏夜一样美好
运河的游船歇靠着码头，歌手唱着少女时代的老歌
我说丈夫向我提出离婚，我朝你露出异常灿烂的笑，
我攥着一个礼物般天地宽阔、随心所欲的未来
上锁的笼子已打开，清风吹拂宛似翅翼的连衣裙。
我从来不是恣肆的坏女孩，那些天，凝视
碧丝轻扬的杨柳，我感到从未拥有过的快活变得可能。
他说若租好房子就来拿他的东西，满屋的物品将分为
我的和他的，但我们曾经共同拥有的爱已消隐无踪，
像一块宝石，某一天地板裂开，它滚落深渊
旧爱变得像陌生人，我再也无法用指尖描摹他的眉眼
那个英雄般出现在产房里，亲自剪断孩子脐带的人。
我的姐妹，我作为植物性存在，承担重荷与虚无，
年轮一圈圈扩展，你飞进我浓绿的树冠，向我啼啭
我的庞大根部扎在黑暗之中，我迎接所有的飞鸟——
所有的姐妹——来我的枝头，向我讲故事和地理，
身披魅惑的五彩羽衣，是我心中强悍的理想女性。
我写下协议后，这些天他沉默不回应，迟疑着
要反悔吗？若他把笼子关上，而我已向空中踮起脚
准备一往无前，破锁逃出，化为动物：
一只养好伤的百灵鸟，或一头追逐猎物的母狮。

# 蒋在的诗

蒋在，小说、诗歌见于《人民文学》《当代》《十月》《钟山》等刊物。出版小说《街区那头》《飞往温哥华》，诗集《又一个春天》。获首届“阳明杯·山花小说双年奖”新人奖、第三届“《钟山》之星”文学奖·年度青年佳作，牛津大学“罗德学者”提名。

## 变质，一切都在变质

一

谁的一千次呼吸
犹如鸽子飞翔千次

如今我破碎
长满荆棘

成为一个
固定的镜头

二

学会观察
你要学会观察

观察风扇
扇叶上堆积的灰

和地上灰尘的区别
清扫和掸开
哪一种力更具体

阴暗潮湿的角落
用皮筋捆扎的发票夹
紧绷绷地捆着时间
捆着我
紧绷绷的生活

三

低飞的果蝇
盘旋在两颗腐烂的樱桃上
红烧肉的油正在锅里凝固
蛾蠓的翅膀
击打着裸露的茶包
变质，一切都在变质
你说

## 葭苇的诗

葭苇，青年诗人、译者，毕业于北京大学外国语学院。主编《海外华裔童诗集》，著有诗集《空事情》。

### 钻石

河对岸的老屋
下个月就要拆了
一个注定消失的村落
仍在清晨
奏响喜宴和鞭炮

这里不会下雪
更没有风霜
女人们的筒裙
有鲜艳到底的决心
她们爱时，责怪的手
也和菩萨一样轻

加纳的阿肯人
丈夫会在舞会上
用鼓语赞美自己的妻子
多年以后
他们仍不懂得节制

我从城里带来旧戒指

海面燃烧着的嘹亮的光芒啊
你搭哪一只小船
垂落我指上

## 新衣记

为他量体，需要借助
神的眼，云的梯
淡蓝衬衫下，学习
辨认每一处新鲜的海拔

卷尺与手臂十字架般抻开时
我关上世上所有的窗
叫停心里发酵的音乐

钢琴烤漆般光滑的黝黑皮肤
默许青色晨光透过白帘帐
拨弄他漂亮而拘谨的
三十岁身体

这条臂膀横陈在眼前
它曾泥泞，被苦难查收路费
它也给自己贴上过封条
对你喊停

有一天，我的丈夫
——这具爱的坚固物
他的身体也会开始衰弱
牙齿一颗一颗往下掉
在某个星期五，长出三层肚腩

他告诉我，自然界里
只有癌细胞能够永生
我们的身体终会和疾病相遇
像琉璃，等待一双有力的手
认领摔的动作

而此刻，他的蓝
是最完整的镜面，接近天空
用阳光泼满我的全身
这身新衣是金黄，是赤红
是苍劲的绿

他把手伸入我的土中
一株枝干凌乱的树
因得见天光而欢喜
它开始忆起童年，重新生长

我们的素描接近完成时
花事在枝头寻找丰收的位置
他晃动，打翻偶尔的云

# 赵汗青的诗

赵汗青，山东烟台人，毕业于北京大学中文系。参加第三十八届青春诗会、第十二届十月诗会等。作品见于《北京文学》《诗刊》《星星》等刊物，出版诗集《红楼里的波西米亚》。兼事话剧创作，代表作《桃花扇 1912》。获第十二届光华诗歌奖。

**希孟 ***

——致舞者张翰

那个字迹秀美的丞相
九百年前，他的字
如风吹马群，奔袭起
我散乱的命运。十八岁就
做天才的人是这样
二十岁就死的人
是这样。六行字。它狭窄到，都不够形容
我在人生最后一次生日宴上
看过的星星。当然了
我当然知道，很多人活出了我
几倍的寿命，却依然没有丞相
为他留名。这有什么办法呢?
在照亮宇宙和照亮冰河之间，我选择了
照亮纸

我选择了成为砚台上的
孙悟空，绢纸上的小哪吒
用灵巧的手翻起
雨的风火轮。他们在楼上、

在舟中听雨。我在汴梁的
耳蜗里听雨，在雨的身体里听雨
天给我颜色，天给我雨……雨
我相信雨曾平等地淋湿过我
和他，淋湿他可能苦吟过的
宋元明清。雨滋润出的青草
织起我们，收藏家的巧手
抚平我们——我就这样窃走了
他金碧恢宏的一生
用我的名字——它孤零零地掉落在
一个马上就要覆灭的王朝里，像
空洞的回声掉入
一个白昼的雨

十八岁的是我不是你。我懒散
贪玩，每天在画中的亭台里
叼着酒壶闲晃。我想斗鸡走犬，想一事无成
想嚼着没有辣味的炊饼然后
变成天上不加盐的云。而你
你是冬夜里枯坐的人
雪是灯油，眼泪是灯油
点滴着，就坐成了一尊
山的守夜人。抽筋的手指
会在梦中，颤抖出一道新的河

我是你茫茫真迹的一生中
最大的赝品——蓝是真迹
绿是真迹；山是真迹
剥落是真迹。我们会在蒙住眼睛的
地府里相遇，像两只
断掉的左手和断掉的右手

别扭地紧握。来，让我们在大宋灭亡之后
再共同创造一种美。我去看
你去呼吸。我们
“分明是一位美少年。他只能十八岁
他不可能老。”
也不可能长高。我们是
拟人的颜色，是颜色都
灰飞烟灭的舞蹈

* 有一说为《千里江山图》乃清初收藏家梁清标集蔡京跋、李溥光跋与无名氏巨幅青绿山水画拼贴“再创作”的艺术品，梁清标还杜撰出了一个早逝天才“王希孟”的故事（见曹星原：《王之希孟——〈千里江山图〉的国宝之路》）。

## 大卫的氧气瓶

他仰卧在床上，像一座
放倒了的大卫像，正要趁夜色
被紧急运出刚沦陷的佛罗伦萨
青草运走了他，星辰爬上云的瞭望台
刺探军情。我望着这尊远去的雕塑
隔着水与灯，隔着一个起雾，又
擦干了雾的神话

十天后，我从桌子上捡起
他遗下的黑口罩。像从月球上捡起一片
薄薄的陨石。戴上，一个气态的
吻，蒙住了我的口鼻。一个名叫
香的氧气瓶，在降温的深海里
吐着破碎的力

## 西湖夜饮

——赠魏伸洲

他从妖魔鬼怪的河流里
爬出，雨
擦干他身上的水。夜色
卸掉彩色的妆，眉目如画擦掉画，就
美得像纸，像氧气在
呼吸着春天。

路上风在开花，雨在开花
音乐在开花。而花
躲在暗处，思考着自己
成为花的命运——它的胎象是水波
它的胎盘是黄昏。它缺水的骨骼选择
生在七月，从湖水里
开出玉树临风

走进夜色，才知道
夜色是最好的。
夜色比春色更好，夜色让水
成为水。平湖秋月，老去的水
断桥残雪，弧形的水；柳浪闻莺
窃窃私语的水……夜色解开水的年纪
水的语言，水的形状……
夜色把水，还给水。夜色给了水
无名，无名天地之始。而名字？
名字是它的第一棵绿水藻

太初有水——水是这样告诉我的

它告诉我，宇宙的起源
是荡漾。是摇曳，是波动
是以柔克刚。是一种，像扇子一样
收起的舞蹈。在时间里，悠悠地
它告诉我：一生二是哲学，一摔二是
哲学生出的小儿子

## 刘雪晨的诗

刘雪晨，中央芭蕾舞团独舞演员。2013 年毕业于北京舞蹈学院附中，同年进入中央芭蕾舞团工作至今，作品见于《诗刊》等刊物。

### 站在四月的角落

站在四月的角落
我被春风拥着
美的温柔
由克制的风的怀抱里
透出来
这样克制的风
达到了美的极致
可它究竟在
克制着什么？
我大胆一猜
大约
美的全部秘密

是野蛮

# 河北女诗人

## 李南的诗

李南，生于青海，现居河北石家庄。1983 年开始写诗，出版诗集几种。现居河北石家庄。

### 青春

那是个纯真年代
恋情从不轻易发生。
年轻人花里胡哨，缺乏审美
花格衬衣、喇叭裤扫荡着地面
希望一次邂逅
在图书馆、在夜校，而不是百货店。
他们吐出满嘴新词
饥渴——面对着海洋——更加饥渴。
读书、旅行、彻夜争辩
大师都住在光里，供人仰望。
小酒肆油腻的餐桌
一次带着面包和汽水的郊游。
当然我也是其中一分子
从学生、青工、小记者
不断变换身份
总认为自己此生能战胜命运。
那时我们没有见过大海
没有见过海边坚韧而沉默的礁石。
那时槐花满地，茉莉清香
多少朋友边走边散……

那是二十世纪八十年代
我只能捡拾起一些残存碎片
青春已被挤压进命运的岩层
多少年后，仍能看清几道纹理。

## 晒春天

紫玉兰伸出手指。蓝天中大雁成行。
白雪还原了青藏高原地貌。
运河边，古桥头上
薄衣单裤的人群来来往往。
自驾车穿过秦岭
忽又现身于丽江古城。
清晨，芽苞抢占了枝条
傍晚时夕阳不慎跌入大海。
我的朋友圈里春意浓浓
堪比自然风景大片。
隐居大理的谢然
身处春天中央，却从不赞美春天。
而我沉疴在身
幸亏朋友们替我巡游了河山。

## 施施然的诗

施施然，本名袁诗萍，诗人、画家。中国作家协会会员，河北文学院签约作家。主编《中国女诗人诗选》，出版诗集《隐身飞行》《唯有黑暗使灵魂溢出》等五部。被评为《现代青年》杂志2012年度最受读者欢迎“十大青年诗人”，获第十二届河北省文艺振兴奖·青年作家奖、中国十大女诗人奖。

### 吸引

深夜读你，犹如开启
冰凌剔透吊灯。卷中人
灵魂的五彩晶片
触动我身体被迷人才华深刻吸引
心灵的电极，瞬间发光

感谢这宇宙中隐藏着一簇簇电流
在无雨、无雪，尘霾飘散
无数人滑行于冬季
面无表情的千万条路上
今日重复着昨日
艳丽诸事，送别后就决计不再回头
我有心掐一把失去痛觉的皮肉
不肯承认眼下
已是换了一幅天地

直到在漫无边际的阅读中相逢

我知你亦有着同样的困顿
它们寂寥而刺眼
等候着不同生命中相同的念头
于无涯夜空中亮起光斑

## 小雪日无雪

每当她认真地从他身上
攫取快乐，就十足真切地
收割到痛苦
到底有多久没有这样肩靠着肩
如同一个答案，遇上另一个
十一月雨丝有细碎凉意
执念是唇边呼出薄薄水汽
还未在空中形成固态的白色的飞翔

她不肯接受这迟来的礼物
也不肯白白虚掷，孩子般
赖进折叠世界中盼着
雪就此从迷幻来途消弭

## 癸卯年新春

大年初一的天空很安详
烟花和炮仗，铺了一地
似乎攒了一年的掌声
都爆响在了除夕夜里
餐桌上，酒杯仍在宿醉

玫瑰在新换的清水中
为这个时代的爱充值
我从楼梯走下来
裹在身上的红旗袍保留着
晚清的样式。翡翠绿绲边儿
艳不过闪亮软缎上金线手绣
牡丹和蔷薇，在传统配色中彰示
农历节日里最热烈的时辰
——我们一直走在
一条循环的线上
所有历史将再一次成为当代
我已经不再囿于思考
向前，意味着冲出
看见和看不见的边缘
自由的春风与鸟鸣，永在途中

# 青小衣的诗

青小衣，作品见于《人民文学》《诗刊》《中国作家》《钟山》等刊物，出版诗集《像雪一样活着》《我用手指弹奏生活》《我一直在赵国》。获河北省第三届“十佳青年作家”称号、《诗选刊》2015 年度优秀诗人奖。

## 白色的事物

立冬后，大雪没有迎门
夜雨却来敲窗

像一个离开的人
内心的温度还没有走到尽头

给它忘记花朵的时间
和荡漾的前身吧

蝴蝶和蜻蜓已飞去
月亮带着星辰隐没山冈

在黑暗中醒来，等待
白色的事物会一天天多起来

直到有一天
夜晚也变成白色的

## 起风了

黄昏时，起风了
带着树叶子吹到了夜里

风声落在老房子的窗台上
落在窗台下的木桌子上
落在桌子旁老妇人的满头白发上

她喃喃着说
你昨天深夜听到了吗
三只蟋蟀的叫声
两个是女孩儿，一个是男孩儿

早点儿睡吧
它们今晚还会来叫呢
另一个弓着背的身影说

夜安静下来
等待着蟋蟀们的叫声来填满
这盛大空旷的寂静

## 影子倾斜

在河边散步，走着走着
路灯下出现两个影子
像三个人一起走路。它们一高一低时
我喜欢那个高的，一胖一瘦时
我喜欢那个瘦点儿的
一群人走过来。我愕然于斑驳的地上

陌生的影子们
靠得那么近，正慢慢重叠在一起
其中一个是我的影子
我拯救似的快速向前走了几步
可影子使劲儿拉扯自己
倾斜着上半身，仍然执拗地留在原地
我带着影子逃向左边的河堤
影子落入水中
干净的河水里多了一小片潮湿和阴凉
那就让它好好洗洗吧
突然，一阵风吹来
水中的影子斜着身子不停颤抖
打哆嗦，像要把冲走它的事物捞起来
也许是水里的时间太过冰冷
影子折叠自己取暖
但更像是被水中暗藏的拳头击中
抖动着身体抽泣

## 田耘的诗

田耘，哲学硕士，中国作家协会会员。百万字作品发表于《诗刊》等刊物，著有中国第一部城市史诗《石家庄长歌》等诗集三部。诗歌作品在省级、市级大型晚会上多次被朗诵，诗歌创作事迹被石家庄电视台新闻节目多次报道。获清华大学出版社“迎国庆70周年全国诗歌散文征集展播”活动最佳诗歌奖等国内外诗歌奖项二十四个，入围第三届昌耀诗歌奖。

### 一个随时会被自己出卖的人

只有在单数时，他才确定他是他自己
这么说的意思就是，一旦变为复数
他就变成了他者，找不到自我

这些年，他熄灭了体内物质的火，活得越来越形而上
日日夜夜坚持在自己的体内挖矿
矿越挖越多，他却觉得自己的存在正在被掏空
变得越来越不真实

人满为患的书店里，他看着自己的手拿起了一本哲学书
人声鼎沸的餐厅里，他看着自己的嘴咀嚼着一片小白菜
人潮汹涌的大街上，他看着自己的脚在其他脚旁边走路
他有一种感觉，手、嘴、脚这些零件其实是虚幻的
存在即虚无，是偶然性把它们暂时拼凑在自己这副躯壳上
他已超越了自己的存在，超越了一切存在

在拥挤的人群中，他更加看清了自己的孤独
每一位路人投来的犀利眼神都在迫使他招供
这个在红尘中如坐针毡的人
最后终于被自己蠢蠢欲动的嘴出卖：
“我承认，
我是上天派来人间的间谍。”

## 逃

在茫茫夜色的掩护下
一个人正朝家的方向仓皇逃遁

开始时是疾步快走
后来变成撒腿狂奔
全世界的黑涌动在他的周围
原本平滑如镜的空气
被他飞快地划开了一道锐利的口子

究竟是谁偷偷手持注射器
将全宇宙的负能量注入了他的胸腔
他的体内有一股山洪就要倾泻而下
他的体内有一座火山瞬间即会喷发
而现在，他正努力克制着自己
深呼吸，再深呼吸

所有的秘密
必须要守到钥匙转动锁孔的最后一刻
才能喷薄而出

## 艾蔻的诗

艾蔻，中国作家协会会员。参加鲁迅文学院第三十一届中青年作家高级研讨班、第三十三届青春诗会。获第十九届华文青年诗人奖、第八届长征文艺奖、第十届扬子江诗学奖·诗歌奖等。

### 蓝色的我

一个我在书房里敲敲打打
一个我在纠正孩子
他总把拟声词读错
一个我在失明的夜晚
哭泣，哭泣
一个我成了马拉松冠军
一个我长年累月
守着蓝色冰棍儿的杂货铺
另一个我把诗集拖到了废品收购站
另一个我怂恿孩子逃课
去裕西公园
另一个我是赤道是白天
另一个我是静止的碗
另一个我吃光所有蓝色冰棍儿
所有的蓝舌头
蓝胳膊，蓝眼睛，蓝头发
吃光所有蓝色的我

## 斑马

一匹马，头颅低垂
不吃草
只保持吃草的姿势
从烈日炙烤的正午
到心潮起伏、黄昏无语

记不清什么时候
厌倦了一成不变的自己
于是我穿过百叶窗
穿过庭院栅栏
在它们投射的条纹中
尝试着
像斑马那样一闪而过

尽管去程遥远
变成斑马的旅途中
必须更为频繁地自我重复
黑白加速，一团阴影
从未存在过

# 高英英的诗

高英英，河北邯郸人，现就职于石家庄市某银行。山东大学中文系硕士，河北省作家协会会员、中国金融作家协会会员。作品发表在《诗刊》《诗选刊》《诗潮》《当代人》《河北日报》等报刊。诗歌连续两年（2021、2022 年）入选河北文学榜诗歌榜。

## 春风里

春风里，一些小小的风筝在练习飞行
长大的那些总想摆脱牵绊
向着高处飘啊飘

从天上到地下，白云是一片中间地带
那里有断了线的风筝
也有等待降生的人群

## 长安

那是很久以前的事情了
长安城满是秋风
河水沉静而明亮，像一片巨大的金属

十万名妇女借捣衣之名
彻夜敲打月光

她们是如此尽责，声音直传到塞外

百万名征夫为此不眠

那时我还没有出生
我的一位祖先目睹了这一切

秋风一遍遍吹过，砧和杵都不知所终
而月光够冷，够薄，够轻
随时准备回到天上

## 煮海

写下月色，写下青山
写下万亩松林，和一片细软的沙滩
让爱情在此上岸

写下大海，在深处储满黑暗
写下相思，再用利剑斩断

用一支笔，掀起万顷的波涛
用一只银锅，模拟人世的煎熬

在这样的故事里，谁的名字都只是陪衬
热浪过后，留下满地的盐碱

## 张雪萌的诗

张雪萌，河北石家庄人，毕业于剑桥大学艺术创意与教育专业。作品散见于《诗刊》《星星》《人民文学》《青年文学》等刊物。获2021年东荡子诗歌奖·高校奖、2021中国·星星年度诗歌奖·年度大学生诗人、第十三届光华诗歌奖等。

### 黑莓

如铁的夜光，渐渐
化成树脂的白色
比睡眠更深的柔软
还在枝头结晶

色彩迭变的灌木丛
杂生在湖畔一岸。我们
垫高脚，拨乱夏日的发际
为恼人的刺而当心

如此多，内陷的，挤压着
闪烁的眼睛。厨房，阳光下
木头器皿，折射房间里
紫红的香气

关于那些可厌的小缝隙
我们从不用盐水浸泡它
总是这样：边采，边吃掉

一些秘密也如此，在情人

发暗的舌头和指尖，带着
未被打量的甜意

## 意外

爱是那辆加速驶入火光的列车
惊叫的铁轨，失控的乘客
开始哭喊，绝望撞击着窗户。
不，他们的注意力并不在那儿。
一定有什么先被烧毁了，车身
裹满死亡到来前的噼啪声
像两个只为了赶路的疲惫行人
那样近乎放肆的宁静：他握着她的手
她微渗出的汗，掌心小小的肉丘。

# 黑龙江女诗人

## 冯晏的诗

冯晏，当代诗人，作家。20世纪80年代开始诗歌写作并在国内外发表作品。出版诗集《冯晏抒情诗选》、《原野的秘密》、《看不见的真》、《冯晏诗歌》、《纷繁的秩序》、《镜像》、《碰到物体上的光》、《内部结构》、《刺穿冰层抵达水》(澳门)、《冯晏诗选》(美国)，自印诗集《吉米教育史》、《与从前有关》、《边界线》、《小月亮》、《意念蝴蝶》等。

### 另一种继续

继续从视频上读宇宙意味着继续被打洞
继续跳水，游进体内潜水艇
找口红。当真相逼近，克服掉听力的胆怯时
进入数字去伪，双耳正吸入日出之光
阳台嗖嗖嗖。宇宙秘密一点点透露给细胞
像吞咽维生素。天眼又录到天体的
新音频，类似我做颈椎核磁共振的咔咔矩阵
继续向死而生，选用夸张词语源于对沉默
矫枉过正。对话 AI 给远方付费，等待
继续升级。每十分钟刷一次手机
总能点醒齐天大圣。继续救赎，驱动意念的
不可控功能，继续求证人类的虚拟性
求证一切并非出于自然。继续望尘莫及
抚摸埋进胸口内的银河系，总有一些词语
在被控制中蠢蠢欲动，继续遭遇静电
被某件衣服或充电接头提醒一下

游戏之手在牵扯头发，午夜的惊醒与梦魇
继续被喜悦或者被悲哀，继续扮木偶
如果可以设计，改进脆弱这门缺陷
我接受植入脑部芯片，继续沉浸于超现实
秒变现实的世界奇观。继续打包
学一些有节约怪癖的老人，缝补袜子
吃剩饭，找机会给下一代扔一两条经验也好

## 空气的形状

在呼吸上滑行出一片树林
一湖窗外，一个社区清晨暴发的
雾，被 6000 米海拔
压缩不久的肺。一个词
指向核的危险之波在焦虑中震颤
一片蝉鸣浸入耳朵的湿度
地平线举起清晨如火烈鸟拥挤天边
哗啦啦垂下藤蔓的小院
增肥的青瓜，一只兔子在啃噬夏天

## 溢出上午的时间

昨晚的梦以碎片形态从一个储蓄罐
一点一点往外倒，犹如回忆
艰难溢出。脑雾这个新词给忘却提供了
现实主义借口，以便掩饰那些
故意被删除的。轻，并不意味空间
由此升高类似维度。冥想在一杯红茶的
香雾中放远又收紧，我更换了紫砂

当意识和潜意识并列于同一条线
地球被双重人格共享，不分昼夜
手，不停移动，把打扫干净的每一个位置
送给兰花草、香水瓶，床头的
《海奥华预言》，未来还在一辆火车上
方向不确定。周日被一个算法
设定去了农庄，一只蜗牛稀释了生活节奏
我扫床单白色被压扁了，我看一眼光线
身体变热了。去冰箱取一罐可乐
把碳酸喝进去，再吃一粒补钙胶囊
上午像一头狮子饿了，外卖小哥正在路上
两个麦香鱼汉堡加薯条在小电车上兜风
曾经的偶像米兰·昆德拉昨天去世了
天地之间顿时分裂开一个名词
我忙着重新找出他 94 岁之前的《玩笑》
布拉格进入一面隐喻的镜子
倒一杯老黄酒，选一曲《白兔捉月》播放

# 安海茵的诗

安海茵，现居黑龙江哈尔滨。中国作家协会会员，哈尔滨市作家协会副主席，《诗林》副主编。

## 必须有牧场

必须有牧场。
苜蓿草和葡萄尽可以管饱，
小动物们笑了又闹，
只顾着说些痴痴的话，
它们不去想盖屋顶的事情，
偏巧故事又编得天真。

还是要有牧场。
对于依恋飓风的人，
她的世界就是飓风。
而树只管骄傲地立着，
飓风到了那儿，
自然就内化为呼吸，
每时每刻。

拿笔的人从空谷归来。
早画下了一整座牧场，
却不画围栏。
你看那被镀亮的溪水，
吹拂出许多罅隙。

你看那小小王国里的王——
他不知道自己迷惑的心。

## 梦中的小鸟与管风琴

风暴渐次停息
埋伏进一只鸟的生活面影
又抟成毛茸茸的小灯笼

他一再提及审美的灾变
而我频频回顾　一只鸟
和马匹和伏特加叠印成
更大面积的碎银般的梦境

一只鸟在体内收藏了大海
以及透明管风琴
一只鸟在秋天来到人间
又一次被顿挫的积雪照亮

# 吉林女诗人

## 张牧宇的诗

张牧宇，满族，笔名小鱼木语，中国作家协会会员。出版诗集《沿着时光》《又轻又小的美》。

### 生活内部

她坐在那儿，鸟鸣
从身体里叽啾而出
实际上她一动未动，盯着月季的花朵

很多声音堵在耳朵内部
嗡嗡作响：风声、火车、奔跑的鼓
语言的千军万马

月季在风中晃荡一下
一片花瓣掉落下来
就在她的面前
像打翻的橙汁

### 到冬天的深处去

那日在山林，遇一场雪
漫天扑落
很快，鸟鸣消散而去

寂静，空空荡荡

只有雪的翅膀，拍打着整座山
我甚至不再移动脚步
轻的芦苇，松针钉紧枝条，流水在沉睡
只剩下雪

不能喊出寂静。白茫茫的倾诉
已覆盖昨夜痕迹，我不知道怎样形容
体内的空旷与暗流

# 内蒙古女诗人

## 唐月的诗

唐月，现居内蒙古包头。诗作见《诗刊》《星星》《扬子江诗刊》等刊物。获《鹿鸣》2015年度最佳诗歌奖、首届许淇文学奖诗歌奖等。

### 月光落在雪身上

月光落在雪身上
哪一个先融化呢

哪一个融化了，都是月光
哪一个不化，都是雪

月光，落在月光上
雪，落在雪上

爱的模样终究是
在最黑的夜里，我们白得
一模一样

### 夜游恩和小镇

将自己安放在木刻楞里的木床上
就是让树木回到了森林
木香是最亲肤的语言
今夜，我们用体内的萤火虫咀嚼它

隔墙有耳，用以聆听细碎的呓语，并负责
将它们加工成
成串儿的诗句，再递回到
诗人枕边
燕子的呢喃作为友邻，如果不拿来
叩门，屋檐便失去了它
一半的意义
那一夜，左邻右舍，楼上楼下
大家都游走在彼此的梦里，竟然没有一个人
将恩和小镇吵醒

# 张媛媛的诗

张媛媛，蒙古族，生于内蒙古通辽。现就读于中央民族大学，写诗兼事批评。

## 板寸女孩

父亲最擅长剃板寸。
十五年前，他是全国美业大赛板寸冠军。
卡尺迅疾平稳，瑟瑟凉风似剪
五分钟内留足寸长，沿头型推进
额前鬓角整齐硬朗，
界限分明，爽利如秋。

再往前推十年，我在同样的秋日
入学，成为幼儿园里穿白鞋
梳板寸的女孩。早晨踏白云飘至
哭闹中心，忍住雨水
傍晚必踩得两脚乌云。

在母亲的嗔怪中，
童言稚语为淘气的尘埃辩解
小小的掌心濡湿蒲公英。
那些毛茸茸的种子奔向蓬松的空气，
闯入阳光的折角。

## 夜马留过

在翙岗，凤凰负责提供
虚构的羽毛，血肉的部分
则交给马。白驹穿过窄巷
奔腾在土语中，比如
“今天晚上”是“今朝马溜”
“夜晚”则是“夜马留过”
“慢慢地”听上去就像
“马马脚”，就像语言的
图腾，慢慢露出马脚。

但蹄音还很远，烟岚寸寸
剥蚀古村落，也为匆匆过客
隔绝了车马喧。躲雨的檐下
只有被说出的夜晚
成为那匹唯一的黑骏马。

## 落日跌倒在地平线

我需要暂时清空一切幻想
一切杂音、噪点、雪花屏
一团旧橡皮蹭出黑印
楼群偏离它的影子。

大风在重建新秩序。
祈愿或赌咒，候鸟与塑料袋
随它摇晃，为看清信号灯
我需要暂时忍耐泪腺酸胀

但我不需要时间的调色盘
节气脱离光谱令人眩晕
落日在地平线跌倒，
天际泛出红紫的伤痕。

# 宁夏女诗人

# 瓦楞草的诗

瓦楞草，本名于洪琴。宁夏作家协会诗歌学会副秘书长，宁夏文艺评论家协会理事，主要从事诗歌及文艺评论写作，作品见于《星星》《朔方》《诗刊》《诗歌月刊》等刊物。出版诗集《词语的碎片》。

## 写给银川城

由旧观中撤离
以往认知便不能操控
现在我对它的想法
当史书文字以标签形式固定
这座城市的鼓楼、玉皇阁
以及旧城墙和两座古塔的描述
新鲜感和新奇感消失
最大遗憾是
属于这些建筑的很多原有事物
在描述性文字出现前
藏于认知与诠释之间
宁静的缝隙，神秘而生动
不为人知
相信时间深处有个观照
曾在此逗留
目睹发生的一切，并记录
在某个时刻
向意识觉醒者传递

# 一文的诗

一文，本名夏怡雯，现居宁夏。诗人、编剧、话剧演员，中国诗歌学会会员，现任宁夏话剧院创编室副主任。参加鲁迅文学院第四十三届中青年作家高级研讨班。作品散见各刊物，著有诗集《云山路》。

**新月升**

把前几个月过得子虚乌有
也是需要诚意的。
因为，忘却总归比记得显得
更加高明。
当我们放弃
用救赎去推失眠的磨，
用惋惜去捡衰老的落叶。
新月升起，
你便成了这道山谷中
我唯一愿意对视的人。

**在低微处，给星星编码**

不用购买门票，谁都可以观赏今夜
并在低微处，给星星编码
还活着的时候，千万不要斥退眼泪
让它流，流到天涯共此时

流到——
可以和某颗星星谈一谈它的故乡
或许那时，我们已经衰老
终于可以摘下面具，并给它们编码了
在伸手不见五指的夜里，一一完成指认：
这个是虚伪、那个是污浊
还有人人都有的
故作坚强
临死前，那颗跟我们谈过话的星星
早忘记了它也曾长时间流浪
只是轻轻地
闪了一下

# 甘肃女诗人

# 段若兮的诗

段若兮，甘肃人，北京师范大学与鲁迅文学院联办研究生班文学硕士。参加第三十三届青春诗会。作品入选“21世纪文学之星丛书”2017年卷，出版诗集《春山空静》《人间烟火》《去见见你的仇人》。

## 抱猫

祖母绿中燃烧着熏金，熏金中浮着铁锈的，是猫的眼
漆黑的是她的衣裳，苍白的是面孔
苍白如一件银质的遗物

画中，她抱猫端坐。衣裳的黑色和猫的黑色融在一起
又全部涌入夜色。而夜色
是光阴和传说的翅翼

祖母绿中燃烧着熏金，熏金中浮着铁锈，猫的眼
——射穿画幅的两枚弹孔
于是，她的脸色更为苍白，碎银沉入冰中
身体坠入夜的漩涡。惊叫中，她松开了手指

……猫，从画框中逃了出来

## 血橙

暖黄果皮下包藏浓烈的酒、香艳的情书和缠绵

滚烫的月色，裙摆上旋转的舞会，半途而废的婚宴
热情，美色，背叛，仇恨。音乐中的沉沦
……高脚杯倾倒了

无比甜美的柔情蜜意。毒液，枪支和葬礼
被烟蒂烫伤的手指。红唇上的火焰和血迹
……而你被这样的唇深深吻过

——可是一枚橙子把血色紧紧包裹起来，对所有秘密缄口不语

## 水袖

不记得了
不记得唱词，腰段，粉脸，丝弦
不记得水牌，花案，戏楼
——只记得一截水袖

水袖舞动时，时间被拉成一根琵琶的弦
随时等待：
——崩——断
水袖静止时，疲倦，不知所终

……忽又舞起。戏中人从戏中隐去
只留水袖无声翻卷，绽放出层叠的漩涡
空气被推出鱼鳞般的皱褶

水袖散去。一根琵琶的弦突然崩断
空气中留下巨大的空洞
……越来越空，无法合拢
无法修补

# 孟小语的诗

孟小语，甘肃天水人。诗歌散见于《诗选刊》《延河》等刊物，入选第四届甘肃诗歌八骏、2021·第四届“十佳当代潜力诗人”。

## 我未曾将友谊遗忘

没有马匹，没有牛羊，也没有牧场
这些年我是个忙碌的素人，每天
敲着两点一线的声响。用消耗
来换取缺失的成长。用黄昏的光
换取壁画内，一副天空的翅膀。
生活，仿佛是亮着一扇窗的墙壁
而故事和场景均已落座，在那里
拥挤着我年迈的父亲母亲，以及夜深处
独自等待陪伴的小孩……所以啊，我的朋友
这些年我不在人流中，也不在
繁华的街灯下。我在一扇叫作
诗歌的窗户里深居简出……假如，因此
在这里恰好收获了什么！
那一定是，是时间的荆棘，
开出了奇异的花朵。
那一定是，是晚来的风
吹过了开花的石楠……
所以啊朋友，我未曾将友谊遗忘
也可能是，因为，我已经习惯了拥抱
——孤独和星光。

# 王悦的诗

王悦，生于兰州，西北大学创意写作专业硕士。作品发表于《钟山》《北京文学》《芙蓉》《作品》《星星》《扬子江诗刊》《飞天》等刊物。参加第十三届十月诗会、第十六届星星大学生诗歌夏令营。获第八届扬子江年度青年诗人奖（散文诗奖）、第八届青春文学奖等。

## 鱼

“爱情”两个字
是一个核桃皮般的问题——
苦涩无法下咽，又粘在白色肉体上
剥不尽。我们两个
谁都无法完整地撕下这张皮

我只能把记忆抽丝剥茧
曾经，你买了一条鱼——
它的尾翼不再扇打案板时，嘴微张
噙着“渴望”二字，我从中
硬生生拆掉那个故去的月亮

我无法回避它的目光
就像无法直视你现在的眼睛——
鱼，早晚要在生活的钝刀下
成为亮着骨头的横截面

只不过，那永远比刀数多一面的残忍

是我自己非要吞下的

## 十三岁女孩的秘密

黄昏。一个女孩赤着脚——
将坠落在地的桑葚踏成天边的残阳
剩下的紫色，来源于她内心的恐惧：
胸前凸起的两颗桃核
预示着一些羞涩的源头

衣服穿得更厚一点——
遮蔽这突如其来的羞耻
承受从每个角落钻出的戏谑
仿佛，所有的人都会洞悉这个
令人脸红的秘密

惊恐不安的沐浴时刻——
似乎墙上也渗出无数的眼睛
目光灼灼，窥视她年轻的身体
有很多噩梦的睡眠——
夜晚变得七窍通风
月光追逐，袭击她的前胸

# 陕西女诗人

# 横行胭脂的诗

横行胭脂，陕西省文学院第二届、第三届签约作家，中国诗歌学会理事，中国作家协会会员。参加鲁迅文学院新时代诗歌高级研修班。在刊物发表作品逾两百万字。

## 献给聂佳佳

聂佳佳，天空还是那么蓝啊
一个人在大地上隐身还是那么难啊
人们熟稔又疏离
像极了北方的天气
有人重重撞击过我们的身体
之后，留下沉重的东西
聂佳佳，地球有时候在我胸口转得很快
十三号的夜里我有过揪心之痛
不争气的日历被我撕扯得差不多了
聂佳佳，我佩服你试过钉子，试过火
而秋天树木的断裂声总在我耳边
聂佳佳，麦子熟了后，人们又种上玉米
人们总是在百折不挠地生活
对此，我感觉到惭愧
我有一个文人的软弱与悲伤
我期待的生活永远不会到来
你会鼓励我“像所期待的那样生活”吗?
你并不了解我这个陌生的倾诉者
但这不妨碍我向你倾诉

一生中，我无数次向陌生人致敬
依赖陌生人的善意活着，这说法决不夸张
依赖陌生人，使我感觉自己生活在别处
聂佳佳，当我找不到说“晚安”的人
请原谅我一次次冒昧而唐突地打扰你
如果夜里只有一颗星星
我希望将它的光全部献给你

**如果良宵不复存在，佳人也无形**

有一夜你会看到群星闪烁
而有一夜你又会感觉群星消失
有一夜道路宽阔，通向银河
有一夜大雪突兀，人们取消了赴约

我积攒了很多祝福
要献给你看到的苍穹
如果我的视角低矮
我要向你道歉，我亲爱的人

落过泪的人，会珍惜琥珀
如果时间允许，一滴树脂将重新返回它的大树
让它再次经历分裂的痛

不要在自己的眼睛里取消别人的意义
如果起初善良，请相信最终也善良
是什么让人们活得小心翼翼，如履薄冰
心之镜子，成为蒙尘的碎片
谁会看到谁清晰的身影？

诗歌不是赋予神仙的礼物
它对于平凡人而言更是一种安慰
你从诗歌中看到的良宵与佳人
是真实存在的
如果身心为世俗所累
请让灵魂为你唱一支歌

我们能活多久？如果把维度上升，也许离别便是重逢
这个下雨的冬夜，一座城市的雨会感染另一座城市
明天的天气会雨夹雪吗？

但愿明天，向东而行的人会看到曙色和大海
向西而行的人，会听到连绵山脉的呼唤

## 未经审视的一年

看过多少次朝阳、落日、星空
我说不出来
有过多少高光和至暗时刻
我说不出来
故事断断续续，奇形怪状，如梦境
碎片拼贴出时间的野性
记忆自带屏蔽功能
将弱小的果实遗留在荒野

你的出现并不是我的钻石
你的离开也不构成星空的泪滴
没有什么能雕刻一个小人物的生活
玫瑰不能点亮暴雨之夜
我奔赴自己的草地与荒原

久经风霜的人，有对抗寒冷的经验
孤独的人，内心有宝贵的烈火
往大海中投入一朵浪花
没有一个镜头记录浪花的模样
我投入过，浪花存在过，这是事实

向日历讨要爱、公平、温暖
海岸线，我的贝壳在哪里
我的鞋子遗失在哪里
回车键，你有峰回路转
有没有柳暗花明？

那过去的一年，还未被审视
白云已入库，群鸟已散尽
散乱的花火，无非是感伤和脆弱
岩石高高矗立，挡住回望的视线
我在西安城，手抚城墙
看着火车站匆匆的人潮

## 龙少的诗

龙少，陕西西安人。作品散见于《人民文学》《诗刊》《中国作家》《星星》等刊物，入选多个年度选本。出版诗集《星辰与玫瑰》《推窗有鸟鸣》。参加第三十八届青春诗会、第四届星星全国青年散文诗人笔会。获第五届陕西青年文学奖·诗歌奖、第四届诗探索·中国春泥诗歌奖等。

### 雨夜

灯火是雨夜的神，把一寸一寸的辽阔
领到你脚边，你听见
雨水走下台阶，蔷薇召唤猛虎
你猜测雨水之外的空虚中
是否住满白色风暴
你什么都没有说
岁月清浅
孩子还不能完整地辨认色彩
他说这个是橘子色的
那个是巧克力色的
他内心住着玫瑰般的火焰
精致的丝绸，像行走的风
而窗外，海棠与海棠之间是四月
细细的雨丝

## 雨来临前

是傍晚，经过我们身边的绿皮火车
也会经过我们的远方
远方在哪里
时间没有给出具体答案
可傍晚就那样来了，带着灰色天空
和不明方向的风。
我们在一株木槿旁
站了许久，开花是好的
我们总被这适时的美感动
仿佛我们已经历过好多次
现在，我们站在这里
说一些缥缈的事
火车的呼啸和风声，让我们再次
提高自己的声音
直到我们的沉默对着一列远去火车的影子
雨珠开始在我们头顶和身上寻找新的落脚点。

## 田凌云的诗

田凌云，陕西人。中国作家协会会员，陕西省百优作家。诗歌见《诗刊》《芙蓉》《钟山》《山花》《十月》等刊物。参加第三十九届青春诗会。获第五届扬子江年度青年散文诗人奖、第三届“《钟山》之星”文学奖（年度青年佳作）、第四届草堂诗歌奖·年度青年诗人奖等。

### 有或没有

群山空旷如树影，人群四散
天地间只剩下麦田，几条野狗
在自由的公式里追逐，无忧无虑
我走过这片土地，就像一个
虚构的女性，走过未知的星球
这一刻，没有人类
快乐和宁静盘旋成心尖上的群鸟
最好的人类都在天空中布道
云朵里酣睡，浑身晶莹剔透
光和水晶是他们唯一的衣服
人间是他们的随意一瞥
所诞生的一座名词的迷宫
这一刻，我们全体一无所有
万物子弹般穿透躯体
只剩永恒的寂静在体内咆哮
只剩我们双手握紧的一堆
空无的子弹，来不及命名的子弹

——但又像是有了一切，心满意足
用静止的双足在星球的表面上狂奔

## 原地归来

剧本已经写好，演员们也都已就位
此刻尼采得到了休息
天空用下雨庆祝我的第一部戏剧
冷替代热，热又替代冷
医术与医德的概念，化作了人的样子
与人的行为。此刻，我在大家的
欢声笑语中，从“我”里走了出来
从云端里杀出了一条，归往凡间的路
看他们获得快乐，也看快乐收割他们
偶尔，我也会露出两颗白牙
乐一乐，假装自己也被快乐俘获
假装《法华经》已成为我全部的骨血
来帮助我变成一个正常又没有过多思想的凡人
假装瞬间即一生，只想在面前的场景中
把自己献祭给二十平方米里的喧嚣的自由

## 虚无的年轻人

虚无的年轻人
在坠落中，大放异彩
一次次，我想看清他们
——那些令我又同情又羡慕的
年轻人，把夜晚活成白昼
把空虚活成幸福，把散落一地的我

活成对我的诸多偏见
那些年轻人，在唱、在跳、在喝酒
在一次次，对自我的放纵中
找到不需要“我”的快乐。这一切
在我的虎视眈眈之下，如此扎眼
又如此，茫茫大雾般什么也看不清

## 暖玉的诗

暖玉，祖籍山东，现居西安。服装设计师、诗人、画家，中国女诗人诗画行发起执行人。中国诗歌学会会员，陕西省作家协会会员。著有诗集两部。诗画作品两获《光明日报》主办国内赛事二等奖。

### 冬至

燃烧必定在空中，在大地上空九丈九尺处
它是金鸢，是泥土放飞的骨骼
很想把它们装进行囊，填满
大脑留出的空白，中心部位压上华山白石
这魂魄挥之不去，游荡山野的另一个我
这些日子渴望夜晚，渴望满月和星际对话
这些夜晚抖个机灵就能把白昼的
零下四摄氏度打入冷宫。仿佛透过窗棂的风
怎么也穿不透温暖的肉体，穿不透毛毯被子
组合的城堡。气温忙乱
像心情怪异的风。洗笔水混沌在那里
很多风景冻在画布上，仿佛众多离别相聚
不湿也不干。屋檐下晾晒的腊肉
落满尘埃，而表层下干净透亮
圈圈腊肠紫红深邃
只等大锅冒出热气，铺天盖地都是浓香

# 高短短的诗

高短短，陕西汉中人。诗歌作品见于《人民文学》《中国校园文学》《扬子江诗刊》《西部》等刊物。

## 蝴蝶

树下，两个女孩正闪别她们的青春
她们也许是一个声音，蝴蝶一样
簌簌地从我身旁走远

也许多年前我们就已经遇见
那是在乡下赶集，在外地商贩的摊位上
手牵手，试戴蝴蝶发卡的两位老妪

## 雪是怎样

天上的雪停了
群山，森林，一张完整的黑白老照片
白墙上，小黑瓦的屋檐滴着水
风吹着，天空明亮的蓝
因为风的吹拂，雪在树的阴影
和群山的边缘，又下了一天
大地沟壑纵横。在阳光很少到达的地方
雪，长久地抚摸着那些阴暗

## 春的絮语

河边，两匹马，细细嚼碎春天
和梦中的白马不一样
它们黑褐色的毛发在夕阳下闪着微光
不是白色也好，春天一定需要更多的颜色
像繁花似锦和远山的黧黑朴素，也并不冲突

太阳落下，绿的倒影在深深的水中，更绿了
我想住在一棵樱花树上，或者是一片油菜地
春天来了，慢慢地听风吹
花落下来，照着月和鸟的闲话

## 周文婷的诗

周文婷，陕西靖边人，现供职于延长油田。中国作家协会会员。在《人民文学》《诗刊》《北京文学》《芙蓉》等刊物发表作品，出版诗集《采集星星的心跳》。参加第八次全国青年作家创作会议、鲁迅文学院第四十一届中青年作家高级研讨班。入选第二期“陕西省百名优秀中青年作家扶持计划”。获陕西省职工文化艺术节诗歌类一等奖。

### 风在风中

你知道的，我喜欢用眼睛
剜掉桌子上的霉味
剜掉让我身体过敏的
烂桃子、烂苹果、烂梨
招待上门做客的无所事事
剜掉饿死了的词语
（即使给它们喝水吃面包，救过来后
早已出门远行了）

大风刷在睫毛上
我的目光就钝了
坐没有脾气的椅子，看着风在风中
如何闹矛盾，如何互相劝诫内心的苦
如何将眼泪落在对方的眼睛里
安静地熄灭远处一只老虎头上
疯掉的火炬

## 那些被我爱老了的人

那些被我爱老了的人
都用白发一根一根地一笔一画地向我靠近
我从菜园子里采摘一些养分
供给他们走出门外，总是喜欢带着醉意
将我的年轻气盛与他们平分，然后
一起平静地退回屋里
将铁和温柔擦得雪亮
将从身上取下的音乐、绘画、写作
放在一起，像三兄妹
我们说着打开天窗后的话
那一年，五行未老，众生未老
每个人都没有忘记——
将生活举起的手，重重地放下

## 王彤乐的诗

王彤乐，生于陕西宝鸡。作品散见于《诗刊》《星星》《中国校园文学》等刊物。获第四届陕西省青年文学奖、2020 东荡子诗歌奖·高校奖、“分享通信·尚 5G 杯”十大校园诗人（大学组）称号等。

### 少女，或浴室之歌

请教会她爱。她也曾闪烁
让一滴水的心脏，跳动

雾气升腾。她用手指
在镜中画玫瑰，怎么不心动呢?

山河清冷。又是一次
失败的飞行，献给他。尽情唱歌

浴室是少女的宇宙，沐浴露
制造的泡泡，是数不尽的小星球

傍晚七点半，想去银色海滩上的人们
因为晚高峰，被堵在粉色的

天空下。日落太残忍
刀尖插在苹果上，而她正被流水冲刷

## 草坡滑梯

她坐在滑梯口，就要回到
最初的光里。那是一个亮晶晶的下午

青草淡淡的香味溢出了这个世界
红色的滑梯上聚满了小孩
她滑下来，感到阳光也洒下来

“是爱哦”。她坐在草坡上
听那些甜稚的笑声。爱是无可替代的
爱是兔子软乎乎的耳朵
爱是拥抱时急促促的呼吸
爱是阳光暖洋洋地照着

童年的她站在滑梯口
满脸通红地排队，一次又一次
滑到金灿灿的草坡上
直到日落金山，直到金星伴月

## 猫咪山谷

星期天，躺在阳光铺满的
彩色被子里。外婆在切胡萝卜丝
远山上附着着鲜艳的绿色
外婆在洗月亮。我们养了许多只猫

许多只塌软的耳朵，变成贝壳
等待海浪或星辰涌入
我们听外婆讲故事，过往是一颗颗

圆圆亮亮的小珍珠

外婆摸我的耳朵
外婆把烤好的地瓜剥开慢慢地嚼
我们的山谷甚至没有一辆
废弃的摇摇车，供我们坐入其中
沉默地看炉火跳跃

薄荷球滚来滚去，秋天与漫长的黑夜
就要到来。外婆准备的鱼罐头
足够美味，而只有她
是这个秋天唯一泛黄的叶子

# 西藏女诗人

# 那萨的诗

那萨，又名那萨·索样，藏族，青海玉树人。出版诗集《一株草的加持》。获第三届蔡文姬文学奖（散文）、第八届诗探索·中国红高粱诗歌奖、首届师陀小说奖·优秀作品奖、《贡嘎山》杂志2015年度优秀作品（诗歌类）、第三届中国·玉树唐蕃古道诗歌节文学奖等。

## 流落于轮回

等太阳拐进转角，走到浴室镜前
白的衣服洗成白的礼仪

仿佛是，内部竖起的白色旗帜
丢掉观念，放下框架，甚至
在如梦的幻觉中，进行恒年的跋涉

爱在爱的幻想的长途里
裸露出软骨动物的脊背

点燃桑烟，低下你高贵的头颅
手风周旋的轻烟，带来了力量与福慧

用清晨的祝福，交换无数个明天
重复拥抱别离，任由心
再一次，流落于轮回

# 卓玛木初的诗

卓玛木初，藏族，生于四川阿坝，现为西藏大学硕士研究生。

## 在拉萨

金光闪闪的神灵
一些住进了颇章 *
一些住进了寺院

而这位老人脸上
住着另一些神灵：

她的微笑仿佛日光
她的慈祥仿佛清泉

* 颇章，意为宫殿。

## 十字路口

三次，五次，甚至几十次
从这个路口经过时
都没有新奇的事

而今天粗糙的康巴汉子手里
竟多出一捧百合花

面对爱的人，他谨慎地递出心里的慌乱

春风识趣，从南山折返
拂过姑娘的嘴角——

坚硬的日子里，就连我这个过路的人
也认领到一份无价的甜蜜

# 辽宁女诗人

## 林雪的诗

林雪，现居辽宁沈阳。中国新诗学会常务理事，辽宁省作家协会副主席。获“新世纪十佳青年女诗人”称号、2008中国·星星年度诗人奖、第四届鲁迅文学奖等。

### 抵达

把人生和手机都调成飞行模式
两手握出一个中空
我有未竟者的词语
而你有云和大地

群山从阡陌中翻腾出
连体神兽的脊背
卷起马鬃一样的浮沫

我爱那原创风景的邀请
除了盛开的花，它内敛
多于炫目

繁华无法使之凋谢的
凝视也无法使之陈旧
但比极致之美更多的
是无力形容的缥缈

给无差别游客一个磁力

给漂浮者一个
从地理泅渡到的文学的
托词

我并无不恭之意
仿佛致敬风、海洋与永恒
在这天地之间
一首诗有另外一条逻辑线
而形容词正在高速滑翔、俯冲
在一阵尾流的寂静里

## 畲田谣

“东去的唱着西边的歌
南方的路走着北人的腿”
在他没开口唱歌之前
一切都是伏笔

竹枝词里的天空出乌云而不染
而在畲田之地，雨必将落下
玉米和歌手被采摘下来
身体被连枷拍打
灵魂被碌碡碾压
古老的脱粒方式
如同挑拣世仇的受害者
只为优选出饱满闪光的那一个

川江号子的高音能长成草原
低音则开出溶洞
秘密的时间不只为大地赋形

也矿化着人类和我

那开口之后呢——我将被世界
一分为二：刚与那昔日之物确认过眼神
一个我以八百公里时速
归去。另一个我要向禹锡先生自首
我就是那个怀着乡愁、心怀大恸
在陌上痛哭的北人

## 驻足

草原美如织锦。而你停下来
白色芍药，蓝色鸽子，红色山丹……
每一朵都像一张未写过字的纸

面对风景你毫无抵抗之力
之前的平凡岁月，你经常在
读一首好诗时停下来
这停顿由不得你

偶尔与某个幸运之事不期而遇
你会让邂逅静置三秒
仿佛这确认由不得你

因为一些地方寸草不生
必有另一些地方的绿意汹涌
到达仙女山后你开始绕着走
颇像一只缓缓飞向花朵的蜜蜂
这喜悦需要慢进、延时
而草原绿如着漆的橄榄

在强烈、炫目的色彩里
你只能再一次停下来
一大块垂直的云石恰好降落

你感慨这天然橄榄形的符号
不只代你赞赏
更是你发出的银色叹息

# 李舒扬的诗

李舒扬，辽宁大连人，北京大学中国语言文学系博士研究生在读。作品散见于《诗歌月刊》《星星》《两岸诗》《燕南园的星空：北京大学女诗人诗选》。

### 屏风第一展

“认为家乡甜蜜的人是幸福的。”
此地，春只有复印出的真。埋头
春肩窝里千人万墨的绕指柔
印一下，头重脚轻的白芍钟走着，白米饭
粒着；印两下
她来。长腿糕点铺
奶油裱花上嵌木瓜、木李、木桃

拿什么款待你呢我的客人？
这瓜子，削将来的黄金时间镀的金
这肉做的燕、纸做的柳、纱做的花均不比
这文字做的我更内向。拿我款待你吗
我的客人？我，小盆景
脑尖儿上的超稳定结构日晒雨淋
我多的是琼瑶，多的是春之绣背
拗救大成的针线结，足以为报。你来

五十米外你那双层眼睫毛对我大开远光灯
可我仍是暗，我的暗没有门

我在门内确认，若我注目
被照亮的将是你
你在我的背面吗？
你、你、你、你。

## 屏风第三展

什么都忽已晚
我们就坐在这已晚的欹枝
喝茶吗，吃酒，晃你的高跟鞋呀
荡我的花盆底。像他们在书中梦的：
“清圆”共“通澈”荡秋千
书外面我们看抛物线
晚清名物足以遮阳直到
没有太阳。黑暗更方便你我
十指对扣这文体间的性：啊我们是
拆字法大国，我说：“连天都是女娲补过的。”

“但把这个世界作为流放地的人
才是完美的。”你说。
拿什么送别你呢我的客人？
屏风吗？可折叠的流放地
曲栏吗？我们这样细，把书名号
抻得这样宽。拿我送别你吗
我的客人？我接了

吻之中的兵戈
那儿，风干的歌唇仍在衔；那儿
飞檐即我的下场。飞檐也看抛物线
被你牵着跑的我是被春天放的风筝

你不在我的背面吗?
你、你、你、你。

# 新疆女诗人

# 吉尔的诗

吉尔，新疆人，本名黄凤莲，中国作家协会会员。出版诗集《世界知道我们》《我从未与世界如此和解》。参加第三十届青春诗会、鲁迅文学院第三十九届中青年作家高级研讨班。获第二十届华文青年诗人奖、第六届诗探索·中国诗歌发现奖等。

## 伏牛山

你说这一路八百里，起伏的伏牛山
每一次伏身都是想起了一个人
我来时，雨水如梭
你说的楸树花开了

车穿过雨幕，像一只湿漉漉的燕子
到了四棵树服务区，雨停了
我看见你说的升腾，但我说不清
那是一种怎样的澄明
仿佛来自伏牛山内部

我分明感觉到，她在伏牛山隐没
向我接近，从天山南麓到南阳
这三千多公里的相遇
仿佛等了许多年，登高望远
伏牛山上没有一棵树是悲伤的

## 塔尔寺

有些名字只是听到就像遇到了前世
比方青海塔尔寺，这个清晨
我在朋友圈看到熟悉的人在印经院前照相
仿佛我已经去过很多次
一生那么多约定都不是这辈子的
祁连山的雪干净得像我们从未涉足尘世

我们约好去塔尔寺，走最长路
我是用心磕长头的人，这一生遇到的人
都是前世见过的人
你是和我走过最长路的人，在塔尔寺
转经筒，等莲花盛开

塔尔寺，一生没有到达的地方
时间替我们到达，一生要遇见的人
要在塔尔寺前拥抱

## 半夜诗

我们失眠，像夜晚的蝙蝠
睁大眼睛看着黑夜。我们失眠
像要穿过黑夜的人。半夜
我被水鸟的叫声吵醒，那是一种怎样的声音
嘶哑，孤独，带着穿透力
像把厚重的夜色穿透，那是一种怎样的叫声
仿佛叫出了人世的凄凉

我不敢刷视频，不敢看热点

怕世界纷争的消息，怕看见他们损毁的家园
难民、战争中孩子惊恐的眼神
那些低沉的讯息和卑微的人性

水鸟低哑的叫声
消失后又在我的记忆中啼叫
我被什么抛向高空
在漂浮的坠落中，看见无数蝼蚁
生死忙碌，灵魂如尘

我也是其中的一粒，只是学会了
在黑夜里飞翔，用痛苦的翅膀
一次一次撞向悲情的人世

# 李之平的诗

李之平，生于山西，长于新疆。著有诗集《敲着楼下的铁皮屋子》，主编《新世纪先锋诗人三十三家》等图书。获得2015年度第一朗读者·最佳诗人奖、第六届中国诗歌·突围年度诗人奖，第六届“双王城杯”大地文学奖提名奖（评论类）。

## 木棉树上的水鸟

我想它是海鸥，是钓鱼郎或
任何一种我见过的水鸟
少时我在新疆的水塘第一次见它们
勇猛彪悍不像那一身洁白给人以柔媚

它安静地站在木棉树上
巡视和打量。它不知道，
困境中的人间也在困惑。
说好的春满人间转瞬即逝，
倒春寒要等相关故事经历完成

水漫起来，夏天就来了
热烈的炙烤终将来临

在水中或树上，飞翔或静立
永恒的位移也是静默的守候
这些，时间不作判断
沉默的鸟，只是春秋的行旅

# 青海女诗人

# 梅卓的诗

梅卓，藏族。文学创作一级，青海省作家协会主席。主要作品有长篇小说《神授·魔岭记》等。策划或主编百余种文学作品集。曾入选国家“百千万人才工程”、全国文化名家暨“四个一批”拔尖人才，获第五届全国少数民族文学创作“骏马奖”等。

## 楚玛尔河，当我横穿你的冰凉

楚玛尔河，当我横穿你的冰凉
尚不知来自天上的大水
在晶体中缓缓凝聚
看似沉默
却已经孕育着冲裂而出的呼啸

你是所有寒冷的总和
历经坚硬的冰川法则
却也无法抵挡融水的催促
从高处向下层层积压
在低潮部分酝酿重生

仿佛能看到海洋的模样
仿佛执着溯源的激情
深藏于白银般耀眼的反光
让我们在太阳下紧闭双眼
仿佛一切瞬间成空

你当然也是所有岁月的总和
写在化石上的誓言
年年的寒冬都会如约而至
正如施舍给我们的善意
却使自己遍体鳞伤

绵长的河岸与大地合二为一
除了冰雪，空无一物
但只要打开暗流的朝向
就能听见数百种动物和飞禽
轰然而起的狂欢

大雪中你与神山相伴取暖
大雪中我也愿这样与你相伴取暖
每当液体冻结为水晶
必然复归天上
成为你指给我看的冬夜繁星

我们真的从未谋面？
从未经过同一个时空
从未在上升或下坠时擦肩而过
同一段旋律、同一片风、同一缕香气
也从未占据过片刻的晨光？

质疑是为了不断地肯定
正如纵横交错的血脉
最终连接成楚玛尔的扇形上游
红色的骨头浸透冰凉
但踩上去却很结实

刻在公园石板上的楚玛尔河

我们的冬靴曾在上面丈量
轻轻一步，就跨过前世今生
南方北方的界河
轻易移植到了青唐

而我仍然在意远方那条孤寂的河流
就像所有悲伤的总和
如何葆有温暖的内核
在尚未流露真情的杂日嘎那山下
在依然冰封的腊月怀里

## 马文秀的诗

马文秀，青海民和人。中国作家协会会员、中国诗歌学会社会活动部主任。出版诗集《雪域回声》《老街口》《照进彼此》等。参加第三十九届青春诗会。

### 雪白的鸽子

深情的对唱，让雪白的鸽子
在彼此的眼中找到了天空

从那座山飞往了这座山
飞行的轨迹是一朵玫瑰的形状
开在了过去也开在了未来

只有此时，我们或许意识到
曾经离去的背影过于锋利
划开了夜色一道口

多年来，我们带着故乡的星辰
在漆黑中走向远方

却不知道彼此遥望时
折射出的光芒，比自身还耀眼

## 我们是彼此的山川

素净的脸庞
隐藏了过去苦涩的瞬间

肩并肩走在民和的夜色中
正如十多年前，灼热的话语
掺杂在夜的寂静中
此刻，不能仅用荒凉概括
彼此漂泊的这些年

情绪的复杂
让人难以自持
只好把头埋进夜色
让新年灯火遮住满脸的红晕
没必要解释自己的等待
我们的相爱隔着一轮明月

在火树银花中
我们看到了彼此的脆弱与深情
勇敢都留在了年少
有些爱幽深而宽广
注定无法明确进行分类

在这夜色中走过了少年时光
灯火通明而我们即将要分离
眼里跳动着火焰
或许烈焰该有一个名字

我们是彼此的山川
却始终无法跨越彼此

# 四川女诗人

# 翟永明的诗

翟永明，生于四川成都，曾供职于某物理研究所。1981 年开始发表诗作，1998 年于成都开设白夜酒吧文化沙龙，策划举办了一系列文学、艺术及民间影像活动。

## 寻找薇薇安

寻找薇薇安
寻找一个被遮蔽的故事
寻找一段谷歌不出来的人生
寻找一堆未经冲洗的照片
寻找照片后面的容颜

寻找薇薇安
寻找漂泊不定的地址
寻找一个没有影子的身影
她藏在孩子们中间
寻找孩子的保姆
寻找保姆的家园

寻找薇薇安
寻找悬空挂着的双臂
它们抓着一架老式相机
里面装着女人十五万个瞬间
寻找玻璃后面的面孔
寻找无法复原的内心

寻找薇薇安
寻找十五万张无主底片
寻找二十个箱子
寻找箱子里满满的流浪汉

寻找薇薇安
寻找一颗孤独倔强的灵魂
它沸腾于刻板躯体的内部
销声匿迹但又溢出灼人光线
寻找断肢断臂的人体模特
寻找闪烁在塑料表皮上的激情之眼
寻找薇薇安
寻找扑火灯蛾
它扑向大面积的街道和人群
它撞在橱窗镜子上
寻找烙印上去的镜中之殇
寻找城市的排泄物，剩余物
将它们塞满一个黑色方框

为什么？当皮箱脱手而出
在纽约上空飘浮，冒烟
当那些底片在陌生人手中流转
当时间的灰尘被廉价拍卖
当无数脸庞从红色液体浮出
挂在一整排社交平台
为什么？除了一个名字
她未曾来到人间？

寻找薇薇安
不关乎一个答案

为什么？她不愿与世界分享的
除了身份、秘密、籍贯
对天才的认定与摧毁
以及绝缘社会的艺术制度外
还有什么？
十五万个为什么
或者，一个不为什么
随着二十个皮箱的贡品
随着她，一同埋葬在无主之地

## 久负盛名和小确幸

久负盛名的出版社
高昂着他们的盛名和头颅
对于作者和读者，他们同样
露出冷漠和遗弃的神情，不再定义

小确幸的出版社并不这样
他们小心翼翼地搜集着数据、流量
掌握着高傲和确幸之间的
细密关系，掌握着亲疏距离

在久负盛名和小确幸出版社之间
徘徊着旧时代的炼金术士
他们在语言的实验室里
摆弄着盛满诗意的瓶瓶罐罐

他们并不知道，窗外
白昼的界限已被突破
这些和那些的规则已变为

凝胶般的无序
世界已被加密而进入虚拟

窗内的炼金术士们
不知道这些，他们还在因一阵风
夭然而笑，又因另一阵风
礼赞荫翳

我手握一摞诗稿，用五年的
举头低头，来应付句法的突袭和暴力
现在，站在十字路口
在小确幸和久负盛名之间
等待红绿灯，嗯、嘘、呵
——突然，纸页、诗
或曰信息，或曰数据
飞向天空，那里有一个更大的空间
或者更大的虚无、更大的数据
那里一切都是虚拟
因而最终成为真实

## 桑眉的诗

桑眉，四川广安人，现居成都，供职于某文学期刊社。中国作家协会会员，成都文学院签约作家。出版诗集《上邪》《姐姐，我要回家》等。

### 雪其实是遗物

雪落在十字路口
湮没斑马线和四车道双黄线
好像人间才诞生
尚且没有规则与歧途

我循例等红灯变绿、过马路
在公交站台停下
准备好硬币或磁卡
将自己搪塞给一辆汽车

雪小而洁白，像是信物
令人忆及美好之事
我不是主角
属于我们的雪早已肮脏

雪那么冰冷、虚无、不经心
它现身或融化
都无法寄托理想主义的愿望
雪其实是遗物

## 大海埋藏 * 了什么

——他们说：一鲸落，万物生

夜很深
我们一起去看海
海很深
是“深渊”本身
临渊探海的人
胸膛也盛着一片大海

夜之海，匍匐着
像陷落于城市巨大眼眶的泪滴
努力噙在那里
——石头砌成的栏杆
——石头铺成的防波堤
也噙在一个人屏住的呼吸间
她怕自己翕动鼻翼，惊醒潮汐
（……茫茫苍苍，白螺壳的回音
会松开纽扣，穿透骨骼……）

当一片海呼喊另一片
沉积多年的泪水呼啸而出
涌向海——
（海，抑或由无数形而上的悲伤凝结？）
（海，抑或是滤尽沙砾献出珠玑的漏斗？）
海晃荡着，犹疑着……
分辨着——
海风传送晦涩但激越的歌声

路灯将一个人的影子投映海面

她瞬间拥有了海妖的脊背，柔滑漆亮
海水轻搡她摩挲她——
（是悦纳？是隔世的相认？）
诡谲、迅猛、敏感、咸腥……雌性的大海啊
（触手丛生，暴风雨的闪电才能令她显影）
试图拥抱她，重新涵养她

啊，大海之大：抵八荒达九幽……
大海的脚踵连古今接死生
——夜的挽纱，衬托轮回的晨星
大海埋藏古老的淤泥、旋涡……暗礁……
也珍存票根、漂流瓶……信风带来的种子
以及散佚于波涛的那张身份证
那枝红蔷薇

* 音 cáng

# 敬丹樱的诗

敬丹樱，四川德阳人。出版诗集《槐树开始下雪》《周一的火车》。获《诗刊》2019年度陈子昂诗歌奖·年度青年诗人奖、第十七届华文青年诗人奖、第十届四川文学奖·诗歌奖等。

## 小景

应该是所乡村小学
无人踏足久矣。木质的教室
墙体下半截刷了白漆
应该是暮春
也可能是初秋，就初秋吧
树下那个女人焦糖色的毛衫
和秋天更相称
草木葳蕤。她把手揣进裤兜，抿嘴笑着
她笑什么，又为什么站在镜头里
已成为谜团
阳光泼出白银
有几滴溅到黑围巾上了
她离得多近呀
我几乎想替她掸掉

## 他在拨弄地球

经纬线，南北极

七大洲四大洋
在转动中骨碌碌地发生着位移
蚂蚁大小的地名，他一个字都不认得
——都在上面
他的求学之路，栖身之所
他的热爱，神往，悲悯之处
他的伤心地
目前还是谜团。我喜欢这种未知
喜欢看他的手
稚嫩、懵懂
他并不拿捏力道，轻点重点
也都不能形成伤害
他太专注了
眉头拧成疙瘩。翻手为云，覆手为雨
这个四岁的孩子站在地球仪前
煞有介事地指点着江山
乾坤未定。谜团解开前
还有很长时间留给他肉嘟嘟的手
来拨弄地球

**糖衣**

那是母亲闲聊中
反复勾勒的画面：
女孩搬来椅子，踮起脚尖
去够五斗柜上的药瓶
她熟练地倒出几粒糖衣片
埋头舔啊舔……
直到药片剩下苦味
扔得老远

她已练就准确判定临界点的本领
大人要到很久以后
才会对着空药瓶
若有所思
糖衣的定义变得广泛
薄薄一层，悬在生活高处
慰藉的获取更来之不易
很多时候，那种单纯而巨大的快乐
踮起脚尖
还是够不着

# 鲁娟的诗

鲁娟，彝族，中国作家协会会员。作品入选多种选本，被翻译成英文、西班牙文在国外参展。出版诗集《五月的蓝》《好时光》《鲁娟的诗》《欢喜》。参加第三十八届青春诗会。获首届“四川省十大青年诗人”称号、第六届四川少数民族文学创作优秀作品奖、第十一届全国少数民族文学创作“骏马奖”、第九届四川文学奖·特别奖、第六届剑桥徐志摩诗歌艺术节银柳叶青年诗歌奖。

## 去动物园的路上

孩子们列队，时而小跑出列
兴奋的尖叫藏于体内
随时可能爆发
这群兴致勃勃的小兽
贮备了很多热忱去见另一群

## 姑娘们

她们轻易带来明晃晃的夏天
所到之处，
一丛绿爬上一丛绿
一寸新鲜追上另一寸新鲜
从林间到河岸
从玉米地到打麦场
没有任何来由地大笑
婀娜的腰身左右摇摆

河水一次比一次涨高
鸟鸣一阵高过一阵
害羞的少年因此拐早了弯
她们依然一遍遍大笑
没有来由，停不下来
与好脾气的秋天撞个满怀
一不小心，露出三三两两的花头巾。

# 康宇辰的诗

康宇辰，四川成都人。北京大学中文系博士，现任教于四川大学文学与新闻学院。出版诗集《春的怀抱》。参加第三十七届青春诗会。获第十届光华诗歌奖、第十二届丁玲文学奖·新锐奖（诗歌类）、第五届草堂诗歌奖·年度青年诗人奖、第二届“四川省十大青年诗人”称号。

## 向晚的恍惚

树木分出枝丫，像一些生命的歧路
在暮色中各自茂盛。向晚，
亲爱的东西不多，但“亲爱”的辨认
依然是夏天里温柔的事。
这夏天，盛大的烈度，正午多么像
一个斩钉截铁的判断，但仍有那些温柔
都是我们的忧愁。亲爱的朋友，
我们都爱过夏天的大学堂，
历史的曲折隐匿其中。那年
也多像这一年又一年，我们告别
阴影铺开在散漫的汪洋的湖边。

请你不要告诉，但我必会得知
那些我挚爱过的具体
都化为时光里抽象开合的逻辑。
爱是朽物，比逻辑脆弱，
比铁和血和伟大的旗帜脆弱。

然而爱铺开，分岔于历史里正较量的
权与谋。你说你爱过一次朗诵，
大河在暗处奏鸣，岁月干干净净
声音都被带走。长歌当哭吗？
亲爱的朋友，我们总眷恋谎言
多过薄薄一层的明白。这时光里
最奥秘的误会，像一个契约
从北到南地逝去，可生命还想相信。

## 子夜歌中

"鸿飞满西洲。"
——《西洲曲》

人们大概能想象秦淮河的夜
装载了几千年女人的胭脂色香
在深渊中流个没完。蓝田玉也好，
沧海珠也好，故事里的好名字
泛滥着明月下的二十四桥，
泛滥着让人永远不想醒来
面对一个子夜已无法歌唱的世界。

你也在这样一个梦里，梦的房间
房号早已忘记。我在海水的
褶纹上捋着，想把几千年痴情的
男男女女的相思都平顺过来，
或者相思只属于女人，更具体、
更敏锐、更在人情之中慷慨而计较。

采莲吧，南塘或南唐的秋晚

有很多故事，高亢的或悲情的，
流水落花的春去，凝霜改月的秋来，
秋天深了，可没有什么能够交代，
没有一位王无辜到足以写诗。
他有刀光剑影的利落和伤疤，
他有半生尘土的疲惫的印痕。
我是这样崇拜这些创痛的纪念，
我想念我无法见证的男性的一切。
而楼太高了，大风涌起海水，
一盏灯的明绿之光就这样摧垮了我们。

明绿的是海色，抱着海做梦的我
愁着你半生剩余的愁。亲爱的
恋人啊，我昨天曾叫子夜，
或者前天，去年，一千年。
我旅行在美丽的两河平原
一直向东走，穿过安息的沙漠
后来我成了我，在南渡的那些故事里
是一位疗治相思的女祭司。我安慰
那些勇敢的将官，他们的怕
需要一些芙蓉为裳的美的幻觉，
需要一个安静的后花园，把对峙
的族群的一切痛，变成调香和饮茶、
投壶和弈棋。可你看这银河多浅，
多少相望相忘成光的斑点。我不恨你，
逸乐是我的工具，恰好衬手、悦乐。

但我的嗓子是一切人的往生所。
我见过爱，死亡灿烂了随即就忘掉。
秋江上深结着多少莲子，每一颗
都经验过盟誓，然而太小。

人类真要在这天地之间彼此相认吗？
他为她征战北狄，知道降臣之痛、
王朝轮替、白发吟诗或者再动江关。
她在南方，只好听天上鸿雁絮语
和海潮翻涌，桨声月色、玉箫哀转。
她有一生一世不归人，都在曲中
宛如大病初愈，从此不复提起。

# 涩萝蔓的诗

涩萝蔓，四川人，现居成都。作品发表在《诗刊》《星星》《诗歌月刊》等刊物。

### 迷路

我总是记着一些
并非标志性的部分。比如——
在淡水
五月的下午三四点钟，导航突然
偏离大马路，一头扎进废街
——我们走错了路

我想，这样旧的小街静静地
蛰伏在车水马龙的大道旁（像一道伤口）
这件事本身就有点迷惑性
——但不谈及

“我们好像走错了——”你说。低音量粤语老歌
从车窗溢出去，斜阳余晖从右边进来
擦过表面完好的我们，抵达左边
为我们指出一小片荒草地

老式小卖部在前方几步之遥
以陈旧的货架、黝黑的门洞、稠密的寂静
照亮门口一把老式竹椅

“好像确实走错了——”说话声
像偶然的一阵风，转眼汇入另一阵风
藤子三七在矮墙上茂密盘绕着
且枝枝投递银铃般鸣响的
小白花

——我们不同
我们沉默，按捺着更进一步的欲望，掉头
驶出小街
以蛰伏、离去、无动于衷
猎捕无穷

# 重庆女诗人

## 冉冉的诗

冉冉，重庆市作家协会主席，文学创作一级，中国作家协会第十届全国委员会委员。著有长篇小说《催眠师甄妮》，中短篇小说集《冬天的胡琴》，诗集及长诗《暗处的梨花》《从秋天到冬天》《空隙之地》《朱雀听》《和谁说话》《望地书》《雾中城》《群山与回想》《大江去》等。获第七届全国少数民族文学创作“骏马奖”、首届艾青诗歌奖等。

### 林中行走

狼尾草、小翠云、野茼蒿，
木蝴蝶、天南星、半边莲，
六月雪、白头翁、胭脂扣，
千鸟花、夕雾、白接骨……
我路过时记下这么多你们，
是突然想起难以计量的自言自语。
我一直以为它们无用无形不知所终，
原来却默然潜行到了这里，
用曲尽其致的色泽身姿形态，
为那些或欣然或苦涩的话语赋形。
这样的回向让我蹲下身来，
手抚狼尾草，
静静体会大自然的慈悲。

## 那又怎样

去过沙漠，那又怎样，
连绵沙丘不过是遗忘的库房。
遗忘之物都变成了细沙——

在那里，一道残破门坊和一座
精美王宫是对等的，一滴泪
和一条大河是对等的，简陋雀巢和
恢宏教堂是一样的。历经磨难
仍为生命困惑的人和轻易得道的人
是一样的。老鼠和猫是一样的，
新城和废墟也是一样的。

那里，无垠的时间
为曾经的鲜活之物，制定了
统一的皮囊和寂静。

# 金铃子的诗

金铃子，中国作家协会会员，诗人、绘画者。20世纪80年代末期开始发表诗歌，著有诗画集九部。参加第二十四届青春诗会、鲁迅文学院第十七届中青年作家高级研讨班。获2008·中国年度先锋诗歌奖、“张浦杯·诗歌中国”2012年度青年诗人奖、第二届徐志摩诗歌奖、第二届屈原诗歌奖等。

## 同居

在合肥，一个漫长的春夜
我和安琪，谈起画
我在狭小的房间
两眼发光，急速地走来走去
重复着说“为什么，我这么厉害？”
此时，她是一个激动的倾听者
我们停止了交流
这个夜晚，她的小眼睛
已经闭上
如此安静
仿佛我们从未说过什么
仿佛万物已经死去
我举起两根手指，试探她的鼻息
终于放下了心
她还活着
这个人和她的词语还活着

## 瓶里的绿萝枯萎了

有一双手
仔细地把它插在酒瓶里
应该有一双眼睛
欢喜地望着它
等待它发芽
它真的枯萎了
一片枯叶挨着另外一片枯叶
仿佛一个老去的人
挨着另外一个老去的人
我默默地喝着茶
甚至没有想过，给它斟上一杯
面对枯萎，我胸口疼痛
却无动于衷

# 后白月的诗

后白月，原笔名白月，现居重庆。业余写作、画画，2019 年北京上苑艺术馆驻留艺术家。出版诗集《白色》《天真》《亲密》。作品曾被译为英文、德文。参加第三十一届青春诗会、鲁迅文学院第三十一届中青年作家高级研讨班。

## 关心沙漠

半夜我们起来制造太阳。
自然太阳无异议。

水在声音里流失。
最近我们不用耳朵。
就不会弄响什么。
什么也不要响起来。

我们已没有兽的本能。
我们没有神的本能。
我们只想不使用我们的本能。

一个人什么也做不了。
两个人会好些，即使什么也做不了。
三个人还没有走到一起。

## 中心

冬天正在。
告别的火。
一堆告别。
不会停止。
闪烁并没有在一起。闪烁，
要在一起，
全部点燃。
让希望的汇聚，爆发。

离开。
超越。
二十四小时的我。
成为不是这一天的，
另一天。
一个点，如果完整逃脱。
我关注的这个中心就不会只是内心。

## 梅依然的诗

梅依然，四川遂宁人，现居重庆。中国作家协会会员，重庆文学院签约作家。著有诗集《女人的声音》《蜜蜂的秘密生活》等。入选重庆市首批“巴渝新秀”青年文化人才，被评为《现代青年》杂志2012年度最受读者欢迎“十大青年诗人”，获2007·中国年度先锋诗歌奖等。

### 寓言

一片树叶或许坠落于一座池塘
或许被一头麋鹿的蹄印收藏
或许被一只黑鸫带进嗷嗷待哺的巢里

命运来自意外的注视
一个人的心终其一生
都深深地被埋藏于一具肉体

只有拥有完全的痛苦
才知道一颗心是男人的还是女人的
而那些被忽视的痛苦往往只属于女人

### 山冈

像河水一样清澈的清晨
唤醒了远处高高的山冈

唤醒了我安睡中的自我
松树的绿色清香琥珀般透明

蝴蝶和蜜蜂已经准备好了
甜蜜的翅膀

美丽的格桑花开在牛粪上
更加明艳

谁会在那里等我
等我睁开一无所求的眼睛

把一天平凡的时光
完美地度过

## 美的发现

阳光随手给大地涂抹上
最后一桶黄金
两棵苹果树远远地站在
由它们构建的世界
茂密的枝叶相互交错
风吹过来
每片树叶都闪动着蜂蜜般的喜悦
几只白头鹎站在最高的树枝上歌唱
白日将逝

春天，苹果树开花的时候
我还没有发现它们
现在，已是夏天

苹果树已经结果
小小的果实像婴儿一样芳香可爱
一位年轻母亲推着婴儿车
一位老人牵着一条白色的京巴犬
从两棵苹果树中间走过
一条路将伸向一个又一个“今天”和“明天”

多么平凡的一天
多么美好的时刻
没有人发现我站在两棵苹果树下

# 蒋艳的诗

蒋艳，现居重庆。作品见《诗刊》《星星》《扬子江诗刊》《飞天》《十月》《诗潮》《绿风》等刊物，出版诗集《江水拉响的提琴》。

## 心灵的契约

蜘蛛迅速离开阳面来到阴面。
我顺着阳面看过去，荷花的
水平面就是我的水平面，
我看你的时候，你也在看我，
我们平行着对视，
似乎长久之意在破壁流转。
我分别看向你的不同面，
不管怎么看，都处在同一个高度，
你投来郑重一瞥，满足感
悄然临近，我的眼眶逐渐潮润。
莲花、莲叶、莲蓬，摇曳饱满
景观。看桥不是桥的巧合，
像蛛网捕猎食物，是视觉差异，
让原本的桥，像汉白玉墙。
无数次纠正，尔后作罢，
美丽的错误，像美丽的参照物
在心灵种下契约。
于是我深深着迷，桥与墙的互换，
像小草反哺大地，
女儿提升母亲的再造感。

# 二月蓝的诗

二月蓝，现居重庆。诗歌见于《诗刊》《星星》《山花》《中西诗歌》《世界诗人》《新世纪诗典》《当代诗经》等刊物，部分诗作被译至国外，多次获奖。出版个人诗集《重庆蓝》《仪式》等五部，与人合编诗选一部。

## 骨头的记忆

那时候的我
正陷入被欺骗的
巨大悲伤中
没有力气来感知
深入骨髓
肉体的疼痛
直到另一根
肋骨断裂
医生拿着 X 光片告诉我
你有陈旧性骨折
虽然已经康复

## 千与千寻

电影里的街景
仿佛移到了北川
真希望天
黑下来

街灯点亮以后
那里的人们
跟千与千寻和
她父母一样
只是一不小心
误闯入那边
跟做梦一样
醒来后
还能够重返人间

# 贵州女诗人

## 王冬的诗

王冬，贵州安顺人。诗歌见于《诗刊》《山花》等刊物。著有诗集《雾中所见》。参加第三十七届青春诗会。获2022东荡子诗歌奖·高校奖。

### 讲座

周六，又是早睡失败的前夜
看《禁忌女孩》，放大欲望并重生。
醒来已九点，一刻钟间晴雨不定
我思索着是否去听讲座，晚到
被列出姓名，我像表情包里
小棕熊那样骑车狂奔，需要节制。
这是清晨，见到此前的老师
感到开心，她越发年轻美丽
仿佛在践行着，我的理想人生。
讲座结束，去领新到的白裙，
迎接下午讲座，这一次他说的
我都了解过。遭遇偶然电脑故障
打不开的视频依然不影响对话。
莫要依赖脑外的事物，唯有记忆
最为可靠。摄影师敬业，穿梭在
人群之间，有时她跪在地上
只为寻找一个最佳位置。
老师讲述一种文艺宽容，为构建
人类命运共同体做尝试，我饥饿。

在那里我探到价值尺度的范围。

## 消失的记忆

深青色墙壁，我家的门是银角大王变的
它白亮亮，那匆忙一夜，我只吃了晚饭
就离开，每次都在未知的途中，我想起
那计划要带走的，想念那带不走的——野植物
它有最深邃的清甜，不像动物，腐烂味道
热锅里焯水，辣椒蘸水，我唯一的快乐来源
如今也不见了。离家，离开味蕾上的屋檐
离开那些多色植物叶片、藤尖
去没有辣椒的寡淡之地，看食堂里的人们
如何把新鲜食材，做得让人难以下咽
为它们哀悼，又许下迎来好厨师的愿望。

# 云南女诗人

## 海男的诗

海男，现居云南昆明。作家、画家。毕业于鲁迅文学院与北京师范大学联办研究生班。著有长篇小说《花纹》《马帮城》《夜生活》《私生活》，散文集《空中花园》《我的魔法之旅》，诗集《虚构的玫瑰》等共九十余部。获第六届鲁迅文学奖等。

### 让我和幽灵们和谐共生

早起，这时候很肃静，甚至连鸟语
都还在宿居树上，黑暗笼罩着四野
看不见鸟的栖息。我们人类走出了梦乡
早起时，我曾因屋角的阴影而绊倒

这是身体不平衡的反映，绊倒我的
多数是阴影面积，看不见它也有线条
此刻，我正回忆绊倒我的绳子
我忘了将它丢在储藏间，只要让它

回到无法使用的状态，它就不会捣乱
我是一个常年穿裙子的女人
所以容易遇到我无法看清楚的危机
那些终日想在命运中将我绊倒的幽灵

好吧，让我和幽灵们和谐共生
让我们彼此能听懂自己发出的声音
我们都有一个值得遵循的路线
我们各有各的那条不可能复制的道路

## 隐忍者的自由

倘若生活在甲虫壳里，有一道窗口
在这又小又硬的夹缝中往内部移动时
发现了往外看，就有了一个位置
这是用来观看外面草木间有没有风影

只要有水、食物和小天井，就能知道
天下有小或大的区别，有重要的事
天气会告诉我，如有信使门铃会叫我
我休息一段时间，更重要的是想安静

我看着屋顶，能听见小鸟们悠闲散步
我咖啡色的桌面总有手拂开的信笺
我压低声音是想要完成一次修行
我挫伤的筋骨似乎奇迹般地痊愈

还有什么事情可以让我忧虑的呢
如果我可以随心所欲地松土栽种
我就是一个值得时间等待的园丁
隐忍是我习惯了的对自由的向往

## 万物都有隐藏的疼痛

当我走路时，石头会绊住我
我蹲下来看石头，为什么用尖锐
绊住了我的裙子？哦，石头说
它因为太尖锐而疼痛难忍所以遇到了

我身穿柔软的裙子走到了这条路上

生活是多么魔幻啊，我抚摸石头的尖锐
相信它会在风雨的蚀化中变得更好
像我的裙子充满了女性主义的温柔

地平线所隐藏的疼痛区域并不为人知道
只有敏感的诗人会看见水也会有痛感
当我光着身子在水青苔中避暑时
我分明感觉到水在喊叫，像女人尖叫

万物都有隐藏的疼痛，哪怕是向日葵
当它向上生长时，它的周身都要接受
一场又一场洗礼。饱满的灵魂都在你
看不见的时候经历了疼痛的叫喊

## 杨荟的诗

杨荟，彝族，云南人。诗人、画家，中国作家协会会员。诗歌见于《人民文学》《民族文学》《诗刊》等刊物。参加鲁迅文学院第二十六期少数民族文学创作培训班、第二届诗画十佳·女诗人艺术展。获中国诗歌网“2015—2016年度十大好诗”提名、首届全国《散文诗》作品音视频再创作征集大赛优秀奖、第六届中国“刘伯温诗歌奖”提名奖等。

### 一把铁锹的意义

癌症晚期的父亲坐进黄昏
给一把铁锹安装手柄
他枯瘦的双手打磨着坚硬的生铁和木头
并把两个不相干之物深深套牢
很认真　也很安静
——岁月于他可有可无

我在想，大限将至
父亲是如何看透肉体
又是如何巧妙地避开上苍曾赐予的一切
不忧伤也不抵抗
难道灵魂充分了解它有不死的特质
能彻底地、轻松地断离
而没有凶险和绝望之境

——这样的话
我是父亲肉体中的肉体

影子中的影子，灵魂中的灵魂
可否也缩小为未出生的孩子
断然拒绝这风吹即散的人世

## 稻草人

几个稻草人
杵在稻田里吵吵嚷嚷
声音尖厉如妇人
一个借着东风说西风
一个借着南腔说北调
一个穿上衣裳 躲避自己的形象
一个使木头桩子成为伸长的胳膊
试图把麻雀从天空中拽下来
他们从不把自己当成一堆稻草
众口一词地承认为人
且在每个稻穗低头的黄昏
窃窃私语着
骗取过路人的灵魂

## 海惠的诗

海惠，现居云南昆明。诗人、出版人。出版诗集《亲密的抒情时代》。

### **夜晚，白塔下的背影**

到达甘孜县
赶到白塔公园时
夜色已阑珊
天空飞着小雨
四野灰蒙
已看不到远方
最圣洁的雪山风景

没有人，一排排白塔
在雨中庄严肃穆

远处出现一个红色身影
一个步履有点蹒跚的老僧
顶着雨伞，口中念着经文
顺时针绕着白塔转圈

那个红色身影
越走越小
却成为这个夜晚
最明亮夺目的风景

## 川西红石滩

那些石头
散落在红草地
堆积在金黄稻谷的周边
石头上覆着大大的牛粪块
那是藏区引火的燃料

那青杨树
睁着神秘的眼睛
俯视着四野的村庄

那些藏房
艺术的图案
那样入镜
映衬着远山白云

那高高的山冈
佛寺隐入蓝天
神的祷词缭绕在纯洁的高原

那高高的白塔
神圣的玛尼堆
矗立在村庄的中心

那飘荡的经幡
把我们引向远方

# 米戛的诗

米戛，中文名李松梅，哈尼族奕车人。著有个人诗集《真情》，诗歌体《呀朵》（哈尼族第一部咒语，用哈尼文、国际音标记录并翻译成中文），作品被收入《马樱花开——女作家六人作品选》及多种选本。参加鲁迅文学院第三十期少数民族文学创作培训班。

## 红嘴鸥

鸟鸣
在水面跳跃
我举起食物
寻找启示
亲爱的
这么长时间我才找到你
移动的蒲公英
带着滇池的气息
从翅膀中挤过来
抚摸我的辫子
此刻
只想睁大眼睛
怕一眨眼错过
忽然间
一只红嘴鸥
落到我手上
两只，三只
也不知哪一只
是我曾驯养过的

## 红胸田鸡

相隔一段的距离，看着
红胸田鸡觅食，或者归巢

岸，和水杉的倒影
隔着不同的眼光

你们怕人，我也怕

# 童七的诗

童七，彝族，云南玉溪人。写作诗歌、散文和评论，偶有作品发表。

## 赶路人

腊月，他在去丈母娘家的路上
遇上了一对母女
母亲提着从娘家带来的米
女儿则可爱异常

他背起女孩儿
坚持将她们送到了家
再折回天色又晚

那时候他刚失去了女儿
眼中常常挂着雾
他送母女俩回家时路过女儿的新坟
坟头还没有长出新草

那晚村里停电，家中有微弱的烛光
摇晃。他进屋时抖落了一身月光
碎片之一落到了燃着的烛台里

## 母亲与小羊

母亲和一只小羊重新建构起的空间里

一个个虚构的日子从梦想中被拿出

小羊的嘴巴是一把被冻住多年的铁锁
仿佛沉默是为了捍卫一种它所理解的尊严
尊严里又有绒毛的柔软

她在锄草
小羊的咀嚼声充满梦想
她在凝视
小羊的身上有一座暖洋洋的城堡
她的睡梦中
小羊进来“咩”了一声
一些色彩温和的花朵顿时开满了血液

她看到阳光纷纷站在花瓣上
宛如她刚学会走路的女儿

## 宋德丽的诗

宋德丽，中国作家协会会员、中国诗歌学会会员。在国内外各刊物发表诗歌、散文、报告文学。出版诗集《曈仁里的月亮》《隐形岁月》《翅膀上的神灵》《心如旷野的鸟》《高枝上俯视人间》等。诗歌《神秘的乌蒙山》获第七届中国长诗奖·最佳文本奖。

### 笔尖在地球上转动

笔尖在地球上转动
在人迹稀罕的雪地寻找
人类文字
词语拨开天空的云朵
一座高山、一片田野、一个村庄
收藏在一个世界的地图上

新鲜的空气中
抹不去的是天空的彩云
一首诗
一个山水云南的写真集
留在记忆的山水间
坚硬的骨头如笔敲响
人类思维里的钟声

# 赵晓梅的诗

赵晓梅，云南丽江人。著有诗集《竖琴之声》《紫色珠语》，散文集《寂静与破碎的美》，《边屯程海》，小说集《雪山水城》。

## 自画像

从云图上的青蓝开始退，退出笔端
从宣纸上的墨迹开始退，退出砚池
从鲜花的芬芳开始退，退出色域的画境

从春天的辽阔开始退。退出枯寂
从田野的金色开始退，退出暗影
从白发中的青丝开始退，退出红颜
从皱纹里的爱情开始退，退出年轮
退出执念，退出命门的槛外
退近大地的入口
发现，时间赏赐的奇迹

正如那些草木、繁花、江河、波涛
还有群山、流云、水雾
它们理解了我，表达了我
修补了我，一生的缺陷

# 山西女诗人

# 阿蘅的诗

阿蘅，山西临汾人。诗歌发表于《诗刊》《诗歌月刊》《诗潮》《星星》《扬子江》《十月》《长江文艺》《山西文学》《黄河》等刊物。

### 远水

又不能置身事外。
就那么闲闲地躺在斗室里
读书读到重影。

越是临近黄昏
越像胆小怕死的杞人，耳朵伸出窗外

真假难辨的消息，和哭声传来
总能将千里之外的一碗水，从里到外

搅起粼粼水纹，战战兢兢
又不能置身事外。

### 去见一个人

应该穿戴什么样的衣饰
涂什么色号的口红

不能什么都不做
两只手

是空的，不能心也是空的
一个人的春秋里
春已逝，最后的秋色不能，也不
想办法挽留
我想去见一个人，想在
暮色昏蒙时分
像街角两盏刚刚点亮的路灯
隔着又近又远的距离

你刚好听见那低柔
刚好看不清那灰白的悲伤

# 山东女诗人

# 宇向的诗

宇向，著有《哈气》《宇向诗选》《我几乎看到滚滚尘埃》《向他们涌来》《女巫师》《阳光照在需要它的地方》《口袋里的诗》《其他的事情》等诗集。获第十四届华语文学传媒盛典“年度诗人”奖等。

**无尽的沉默**

她善于集白纸
错落的。随时框住的
用来团用来撕用来层层潜入
几本洞洞书
苍白的长方形
个别的人形
并无人的
立足之地

他适合集空白
裂痕的。途中捡起的
用来填用来逃用来屏住呼吸
每一次停顿如雕塑
他的视线指你进入
小小空旷
两手之间，萤虫去留
不落尘埃

他们的收藏

已
无处可藏

你知道行进中的战争
俄罗斯警察带走
在广场诉求停战的人
没收反战标语
不需多加审讯

你知道他们也带走了他们
她展开一张白纸
他两手空空
似乎终于抓住要点
他们带走他们
得以拷问
窃取无限之物的动机

## 没有你 *

没有你
阳光照旧
向日葵从不随处见
造物歇息。柏树是柏树。燃烧是燃烧
世态炎凉。众生也方便
即使狂风扭曲所有枝叶
丝柏仍安于树的秩序
不溅出一点星火
没有什么要离开什么
我只是，走出我的黄房子
像我未曾拥有你那样没有你

像从未有过你那样没有你

没有你
星月当空是完美无瑕夜
无情是从善如流的教育
紫色不蓝。田野不蓝。万物从不像海洋
黄金稀释于空，流落世间
乌鸦善变“黑”(好极。坏极。坏极。好极。)
狂风扬起这群死鸟看它们飞
我曾埋下无名，不断埋着
它止不住的形容词
独自，退向黄房子
像我未曾见过你那样没有你
像什么也没有留下那样没有你

没有你
我自把阵风引入星空
用视力，用挥手。引入
不安之外的不安。撼动之余的撼动
被其他、被大意、被麻木、被落下的
别的橙、黄。别的硫黄
绿的墨。以及关于相系的分辨
我埋着“我也”
躲闪着那些指认疯癫的指头
但你是，选中的你装点出发点
一座现实街角的黄房子

那时我沿山路落泪
走回我们的黄房子
没有你
没有你

我有确切的感受：
你曾与我一起
沿路哭

* 纪念 18900729。

# 苏雨景的诗

苏雨景，中国作家协会会员，山东省作家协会第五批签约作家。

## “衮雪”新释

（长诗选二）

一

一个词
选择出现在狼烟四起的东汉末年
出现在稼穑焦枯，饿殍遍野之后
必是怀着很深的悲悯

一个词
选择出现在一条河流的岸边
出现在从一朵浪花开始的雄阔面前
必是有着很重的苍凉

风起陈留，风起青萍之末
这很切合对一条河流源头的隐喻
而接下来的跌宕
才是这个词最为深刻的部分

二

衮雪是什么?
是白衣胜雪的青春遇上昏聩的朝代
是报国无门的退而结庐
是借篱畔的菊香稀释腹中的块垒
借山间的流星射出心底的弓箭
是一头雄狮恳请遍野的草木
宽恕他的蛰伏

是酿酒为乐
看谷粒静静躺在酒槽中
任由阳光褪去它们的外衣，呈现裸体之美
作为最初的酿者
你以百姓的凄苦，山河的破碎为曲
酿酒，也酿心中的悲辛

大野之上
你举起忘忧之物，邀风邀月邀天地
借酒的烈性校正命运的准星
重铸心中的铠甲
你把酒的姿势那么像弩手拉着满弓

## 李林芳的诗

李林芳，山东省作家协会诗歌创作委员会副主任、青岛市作家协会副主席、《青岛文学》副主编。作品散见于《人民文学》《诗刊》《中国作家》《诗选刊》等刊物，入选几十种年度诗选和诗歌选本，著有诗集《山庄》《素花襁褓》等五部，散文集《一花一世界·兰花》一部。获第二届中国红高粱诗歌奖、“全国十佳教师作家”称号、第二届中国·日照（太阳城）诗歌节一等奖、山东省第五届泰山文艺奖等。

### 最后一夜

一整夜，我守着你
蓝底白波点的衣襟，从厚厚的被子里
探出小小的一截，这是你留给我的
最后的念想
一整夜，我小声啜泣，拼命压下喉咙里
一波一波汹涌而至的泪滴
一张黄纸蒙住你，封住了这一世的出口
黑夜缄默。十一月的风嘶鸣
一声一声，撞击着厚实的四壁
夜如井，如一个密不透风的罩子
我越陷越深
而你已去往另一世

# 庄凌的诗

庄凌，中国作家协会会员。在《诗刊》《人民文学》《中国作家》《钟山》等刊物发表组诗。出版诗集《本色》《我也是一个清醒者》。参加第三十三届青春诗会。

## 倾斜的雨

这个五月总是下雨
并不急躁的雨
偶尔有几滴落在身上
能感知到它同样平和的体温
有时只是下一阵
有时又下得很静

我摇上车窗
才发现雨是倾斜的
它朝我侧了侧身子
轻轻拍了几下窗
就是这微小轻柔的举动
往往最有致命的吸引力

一路上我一直望向窗外
雨也一路跟随
没有谁比雨更懂我的沉默
我们隔着这扇玻璃
像在两个时空
爱恋了许久

## 深渊

一阵风在人间驰骋
浅绿变为深绿
填补了一些莫名的裂痕
我也渐渐心平气和
三天没有收到你的消息
我已不再期待你的消息

阴天的下午站在露天阳台上
一个人如下坠的烟尘
干枯的日子轻飘飘的
夹杂着些许柔情的悲伤
摊开远山与薄雾

美式咖啡的苦涩
和一束龙沙宝石玫瑰的香味
重叠在一起
朦胧的寂寞里
想象是一种深渊

# 河南女诗人

## 杜涯的诗

杜涯，河南许昌人。曾任医院护士、杂志社编辑等职。12 岁开始写诗，出版有诗集《风用它明亮的翅膀》《杜涯诗选》《落日与朝霞》《记忆与追寻》。获“新世纪十佳青年女诗人”称号、2010 年度刘丽安诗歌奖、“2012 诗探索·中国年度诗人”称号、第二届扬子江诗学奖·《扬子江》年度诗人奖、第七届鲁迅文学奖（诗歌奖）、《诗刊》2019 年度陈子昂诗歌奖·年度诗人奖等。

### 永路

在对我闪烁。那条笔直宽广的路途
景象浓郁，在远方的极目处连接向云涛
常年里，只要我望去，它始终在那里
它等待我，犹如我等待某个约定的时刻

人世上，风雨交替，山水程程
谁人追寻，用尽了毕生光芒？
而今，沧海东流，时间已晚
人世和时光，已是如此之深，已如云

时常，我在世上逡巡，徘徊，钟情于忧伤
流年在我身边学光年飞逝，令我忧郁
而在不远处，一些不可见的事物隐隐闪现
那未知的、隐匿的世界，在对我闪光

多少次，我看到：远方沉默辽阔

落日在下午徐缓宏大地沉降
西边极目处，天空倾向深邃，我都在想：
孤独而寂静的心儿啊，何时回到永恒之乡？

徘徊在流转季的地面，冥想也如捕风
而云霞年年在天穹排布出辽阔阵势
繁星在顶：你的提醒如常。于是我知道：
浪迹一生的游子啊，必将回到永恒和无穷

我知道在天穹的深处，星系浩瀚、连绵
在星海迤逦间，我必须要走的路将如时显现
明明灭灭，漫漫接续绵绵，总不离宏阔
行行重行行，我将用尽余生

而今，人世已深，时光已深如云春
我在地面徘徊，渐渐忧悒，生长出迟重
万物万事中曾有一个我，有我精神如风
山水万重，万里江山，一朝别去后忍住转身

而我，犹在热爱中走去苍远的云海
一程山水一程疼痛地行行
一程风雨赋向万里的未知
心儿万般向无际，总不饶过坚持和忧伤

## 扶桑的诗

扶桑，生于河南。著有诗集《变色》《扶桑诗选》《爱情诗篇》。曾入围第八届华语文学传媒大奖年度诗人提名，获2019年度十月诗歌奖、利群（阳光文化传播）人民文学奖·新浪潮诗歌奖等。

### 蔷薇花

人在看花时的那种静默
有一种圣洁
仿佛花儿把它的灵魂
瞬间，注入我们

也许有一位神
创造了花儿
用它代替自己
陪伴和抚慰我们

愿我全部的生命
是一只清空了自己的
玻璃器皿，愿花儿不放弃
一次次，将我充盈——

### 白樱花树上的月亮

白樱花树上的月亮
照着不知从哪里传来的

一两声野猫幼崽的叫声
像柔软的细银丝
树下的人
左耳朵欢喜，右耳朵忧虑
眼睛还没有睁开的猫婴儿啊
藏身在野草丛中
（一蓬野草就是你的家）
不知道等待着你的
是什么样的明天，和命运

## 一棵树

——致谢画家陶醉

一幅画挂在我房间的墙上
十一年。
卧室兼书房（所有书本，所有衣物）
在我父母的家里，我只有这一间房间
也是我在这个世上的，唯一一间
每晚我坐在床头，喝水或者看书
偶尔在手机备忘录里，伸出右手
食指指尖如同啄木鸟的长喙
“啄、啄”敲出一些零零碎碎的文字
背靠着这面墙，在这幅画的下面
我从三十九岁走到五十岁
这幅画始终不变。
那棵树始终不变。
我不知道那是一棵什么树
没有枝丫没有树叶没有花
它们全部被画家，一笔省略
整幅画布只截取一段树干

仿佛一个人的躯干，一个女人的腹部
有年龄的树。它不是黑色的
不是褐色的
不像大地上生长的所有那些树
“鼠尾草紫、宝蓝、砖青、瓷白青
茉莉色、缃黄色，甚至酡颜”
画家动用如此多的颜料
来制作一种蓝色的基调
一种晴朗的蓝，统领你的视觉
以至于它最浅淡的残余，他顺手在树干背后
轻轻一抹，已足以表达湖水与天空
一棵树我看了十一年，仍无法说清
我一眼爱上它的原因。我总是一眼就爱上
一个人、一种气息、一处山水……
一种传导，非常神秘，类似最短的直线
看见即认出。无须大脑的参与
无须劳烦它弯弯绕绕的沟回
一棵有年龄的树。它长着节疤的躯干
不是黑色的，不是褐色的
它是蓝色的，是太阳升起后
天空与湖水的那种蓝

# 小葱的诗

小葱，河南新乡人。中国作家协会会员。出版诗集《青葱》《夜鸟穿上鞋子旅行》。

## 故人归来

——赠飞廉

用幽草为符号代表夏天，
分不清楚弧形喜悦，还是线形悲伤。
时有高温牙痛，暴雨眩晕，
以及阴云撕裂关税壁垒的新伤口。
——就是这么一副郁结状态，
沉默到不看报纸，不关心经济，
认为以上都是喉管里潜伏之梦话。
诸事如飘萍。现在真的很难看见，
这般奢侈的蓝天与白云，
仿佛那个从不希望女孩子深陷时事新闻的
故人归来，是唯一美丽的消息。

## 深誓

近来总梦到你，
这场冷战，从小房子外的蜡梅
到郊外野蒿，星空肃穆，
无一幸免。

深誓如杀戮，我偷走你的记忆，
和死叶上走过的
脚步声。
怎能忘断呢？
此时邻村的集市空地上灯昏鸦静。

一旦超越了想念你的道路，
我将安享这个雪夜。

# 安徽女诗人

# 何冰凌的诗

何冰凌，现供职于安徽省文联。中国作家协会会员、中国文艺评论家协会会员。参加鲁迅文学院青年作家英语培训班、第四届中国文联中青年文艺评论家高级研修班。出版文学评论集《时光沙漏》、人物传记《我心飞翔》，与友合著文化随笔及文学评论集《话说安徽》《散文安徽》等，诗集《春风来信》获2017—2018年度安徽省社会科学奖二等奖（文学类）。

## 献诗

蒲塘之水，安静了，一些了断的
波纹。此生已不可重复。
可能很多人都是一个人，
是第一个和最后一个。
请不要试图僭越我们的生活，
古人早已替我们规定好了。

在次日，花喜鹊飞出林梢。
献出贞洁之唇的
有刺槐和棠棣。悬铃木的粉尘，
怀着几颗少女之心。
“这舞女，正失去她的舞蹈。”
当她低头，并不代表她在想念
那些已经失去的。她没有哭。

为什么一定要哭？
你太多情了。这不好。

让他们此消彼长，
而我们，获得呼应。
在过去的十年，
我经历了梦魇、分娩和死亡
在徐河，我是个消失的青年，
是我妈妈的好女儿，
我还要一直做下去。

## 黄玲君的诗

黄玲君，安徽宿州人，现居合肥。诗人、执业中药师。中国作家协会会员，安徽省文学院签约作家。著有诗集《微蓝》等。

### 酿天门冬酒

是的，一年只在这个时候，天门冬
“得大寒初气以生”，“是禀冬寒之水精”
所谓的寒极一阳生，古书上记载
它可以除身上一切恶气不洁之疾

今人体质不耐寒凉
需遵从古人留下的酿制法
剥皮去芯以消其寒，用山泉水搅榨
取汁浸泡糯米
蒸熟，在满室的香甜气息中
拌红曲白曲，需玻璃瓶发酵一月，酒乃成

而在此之前，需要守着它，不时摇晃它
眼见着，每天吐出绵密的气泡
在最寒冷的冬季
有温暖的裹挟，完成
那看不见的能量的细微转换

## 巴别塔

没有窗，是的，消息不至于散失
有窗台，是谁
前年放了一束花

石阶上，可以攀爬到顶层
再下来
在有月亮的寂寞夜晚

没有门，如理想
它空悬着，被自我执念所困
现在，可以用于怀念

昔日的甜蜜
如一块封闭的大理石蜂巢
夜晚，生长它黑色的蜂蜜

# 王妃的诗

王妃，安徽桐城人，现居黄山，出版《风吹香》《我们不说爱已经很久了》《中年的月亮》。

## 最美

没有最好的年纪可以有最好的遇见
没有花的容颜可以把莳萝揣进怀里

不在雨里奔跑但沉迷于观雨
不在落叶上写诗只写叶落的诗

下雪了就让它漫无边际随心下吧
不踩踏不打雪仗更不再想着去堆雪人

一对老人依偎着在灯下窗前静静看雪
没有最坏的季节因为有温暖的光

## 兰草

小度从贵州山里寄来的
兰花在阳光里
肆意挥霍她野性的香气
傍晚回家，我站在这棵兰草面前
陷入沉思

那年父亲辗转到大山里
为逝去的外祖母制作樟木棺材
顺便带回来一株兰草
入棺的外祖母被埋进了深山
入室的兰草绽放出唇形花朵
低泣的母亲从兰花香气里获得安慰

当一株兰草再次闯入我的生活
我牢记你教过的自然课：
美好的事物都具备安静的本质
“安宁得其所”。

## 经验

天色未明。我躺在床上冥想——

窗外的玉兰花瓣在雨中凋落
蝌蚪游在变青蛙的池塘里

楼上的老太起床进入了厨房
上初中的孙女还在酣睡

我的酢浆草花瓣打着蕾丝卷儿
今天是个好天，盛开应在八点以后

黄鹂啁啾，鸟语在枝条上弹动
万物婴儿一般醒来

万物用淳朴和天真的摇晃提醒我
世界又完成一次隐秘的改造

# 江苏女诗人

# 白玛的诗

白玛，山东临沂人，现居江苏。1988 年开始发表诗歌。

## 我想写一首这样的诗

一个人读着它时：微笑了，或者
眼睛忽然潮湿；一个人身未行，可他
正沿着诗里一条乡村小路回老家
一个人被中年附体，一首诗治愈他思想的风湿
也许，爱情的闪电从未被我的手抓住
可是一首诗里贮藏了白菜一样丰足的爱情
一首诗能唤醒一株冬眠的野生大丽花
一首诗能掀起卧室墙上蔚蓝色的大海
一首诗让一个姑娘变得更美，哦，无瑕的美
你和我到暮年，读这首诗，忍不住相拥低泣
哎呀，我太想写一首这样的诗
甚至不想再去攻陷远方一座镶金边的城池

## 我和你

我翻跟头给你看
我跳绿孔雀舞给你看
我学金枪鱼出海表演芭蕾
给你看
每一个充满低声叫喊的毛孔给你看
戴着面具的小哑巴离家出走

给你看。阳光照耀一百亩田园却不能
把我小小的影子放大给你看
不能把山谷里寂寞的群星给你看
我缱绻如水草
歌声仿佛呜咽
我一遍遍翻跟头给你看
我跳长着绿宝石眼睛的孔雀舞给你看
跳柔软的狐步舞给你看
而你从未看见。

# 刘畅的诗

刘畅，现居南京。中国作家协会会员、江苏省电力作家协会副主席。诗作发表于《诗刊》《钟山》《青年文学》《扬子江诗刊》《诗歌月刊》等刊物，部分作品被译至国外。著有诗集《天空下》。参加第二十六届青春诗会。

## 我用废弃的朽木拼接出一座新桥

手抚桥栏，沿着骨头里的青草味
走进对岸的桃花林
春天让人迷途知返——我这样的
美的偏执者、迷狂者，总被怜悯、恩赐
一个比我愚蠢的人，把空虚
化作了耐心和技艺

## 梦中的钻石

阳台外，树叶层叠，树梢摇晃
一半叶面落着阳光，一半暗影
樟树将树枝伸过来
——陷进细节，厘不清方向
回到整体只知道——
早晨的阳光从东边照过来，炙热
傍晚的阳光从西边照过来，熔炼黄金
只有晚上哦，阳光褪去
月光将钻石、琉璃镶嵌在叶面上

拉起窗帘，回到房间
于是，钻石闪耀在梦中
你没有睁开眼睛
看不见光辉正照耀着你

# 束晓静的诗

束晓静，诗歌写作者，现居南京。出版诗集《彼岸盛放》《归云堂：三年零四月》《写一年》（与杨黎合著）等。

### 我蠢笨的心

以为他会是我朋友
最好的那种
但我始终不能
像对别的朋友那样
准确描述
正在发生的事实
情绪、感受和期望
以及
预感

我的烂朋友说得对
没有最
只有醉

### 情人节

有个穿僧袍的小伙
抱着一大捧百合
在地铁上坐着

他从哪里来
他要去哪里
他的佛祖
会不会伸出双手
接过他的百合
拥抱他的肉身

## 孙冬的诗

孙冬，南京财经大学教授，诗人、译者。出版专著、译著、编著和诗集多部。

### 阿努比斯

如果有两幅画
我会挑选出更美的一幅
但我会拥有不那么美的另一幅

如果有两个男人
我会和更好的一个成为朋友
和更差劲的一个成为情人

如果有两本书
我会把经典的一本束之高阁
而去翻阅另外一本

如果世界有好坏，那我情愿委身于
恶趣味的和急需完善的那个，那样也许
也许可以在长着狗头的阿努比斯面前
掏出一个
轻于鸿毛的
心脏

# 于之雅的诗

于之雅，江苏徐州人。偶尔写诗。

## 修路

挖掘机不断地将巨手砸向地面
看着那持续扩大的裂痕
整整一天，我说不出话来
“如果撒谎对自己有利，为什么还要说实话”
维特根斯坦思考过的问题
现在已经不是问题
想到我也撒过谎
想到大街上走着的都是撒过谎的人
再一次，我原谅了你

## 娥娥李的诗

娥娥李，祖籍江西永修，现居苏州。诗人，也写诗歌评论。出版诗集《我要照顾我的黑》、诗歌随笔集《地平线上的诗流：外国诗的一种读法》、传记《陈宗懋传》(与他人合著)。

### 第三年，腌菜

生活成为一道闪电，从头顶划过去年和今年。还有前年——2020伊始，我便被腌渍，在一个装满了上海青的水缸里。这当然是比喻。但听说雷电很喜欢水。而我已被完全浸湿。

这是诗的形式之一。我还想到了第二种。

春节前后，在我的家乡朗湖，腌菜就是酸菜，就是上海青腌渍的下饭菜。

这是一味思乡的人必吃的菜肴。我边吃边咂吧着嘴，想象着对自身做些适当而非魔幻的描绘。但我已变成淡金色的身体，对生命本身而言，更加神奇。

这种思想的落差使我不安。因此我开始反思：自己是否把盐当作了酒。

# 上海女诗人

# 孙思的诗

孙思，中国诗歌学会理事、上海市作家协会理事，《上海诗人》常务副主编。著有诗集五部，诗作被收入百种诗歌选本。主编上海市改革开放四十周年优秀诗选集《风从浦江来》。被评为《现代青年》2017年度人物·最佳诗人，获第三届刘章诗歌奖、第二届海燕诗歌奖、第六届中国长诗奖·最佳成就奖、《诗潮》2017年度诗歌评论奖、第七届冰心散文奖·散文理论奖等。

## 汝州的李白

农历二月，下弦月抬身之时
一枝桃花转过身去，另一枝桃花
伸出玉手，在李白曾经站过的地方
反复抚摩

一年又一年，桃花片片飞
最艳的在远方，最浅的在眼前
唯独不见一片入土
原来，它们都去追寻李白了

在汝州，山间房子的矮
是被山比下去的

不信，一些所谓的大诗人
到汝州来，站在李白身边试试

## 故乡

故乡由月亮指代时
从树的影子里往外走

两个不同名词的重叠
让我的感知一样细腻

一种恍惚的迷糊中
或是一种极其清醒的自觉后

故乡
成为行走的宗教

# 路亚的诗

路亚，现居上海。诗歌在《诗刊》《诗歌月刊》等刊物发表，入选各种诗歌选本。出版诗集《幸福的秘诀》《一阵风吹草动》。

## 秋风

他在秋风扫荡的街头走过
被人堆里一个背影吸引：

她一手举着一枝菖蒲
一手捡拾着地上即将腐烂的白菜帮子

“我所看到而未说出的是最美……”
走在拥挤的街上，这句诗句
响了又响，填满他虚空的心
割过的荆棘又在他的身体里疯长

对她来说，未转身前这一切约等于无
对他而言，却是全部
他怕一旦说出，就失去了它

而她就要转身，悲剧就要拉开序幕
他们就要拥有共同的秘密了
她甚至感觉到，他
就要对着她吟出这一句诗句

## 午夜随想

睡眠是水下
睁着眼一动不动的鱼

瞎眼的午夜
我穿过它，寻找一个合适的词
却被更多的词追索

风推着我滑向深谷
一大群孩子，并未发现我的到来
他们跳皮筋、斗蟋蟀
争吵、脸红，又勾肩搭背

不远处，漏风的屋子里
一个女孩正手执画笔，对着年画上的
花木兰，一笔一笔描摹

他们是如此心无旁骛
仿佛不知道明天会走得很远……

而今天的我，终于找到几个词：真快啊
从沸腾到冷却，就是一生

## 灯火

密室里孕育的
火，是闪电的果实
打火的秘密武器在节奏里

火，发出野蛮的光
追踪另一团火
羞怯的火
在广场上，一边迷路一边照亮

火烧着了一路的雨
一双白鸟在黑暗里同时扬起
火离开火
走向一盏灯

# 缎轻轻的诗

缎轻轻，原名王风，现居上海。中国作家协会会员。自十四岁于《儿童文学》发表诗歌、散文作品起，持续创作至今。参加第三十四届青春诗会、第七届十月诗会。获第十一届丁玲文学奖·新锐奖（诗歌类）。

## 诗人的陷阱

长江滩涂，通向
我瞳孔深处的芦花和刀鱼
清晨，牛奶疯狂寻找
印满邮戳的陶瓷杯
风卷起宇宙里散落的面包屑
欲望纠缠于一双迟疑不决的手

我终于落于自我之外，就像
这首诗里并无诗意
这是诗人的陷阱

## 敲碎玻璃

我要含泪敲碎玻璃，那磨砂毛花玻璃后
斑驳破碎的脸——宇宙、虫洞、老掉牙的幻觉
一切太迟了

声波信号，找寻封进玻璃内部的救助声

我已经延伸一万公里，深埋在这个星球上
每天敲碎，一厘米玻璃

## 小病初愈

小病初愈，这段时间
爱上软烂粥食，爱枝上跳跃的绿色小妖
它啾啾叫着，似有尖刀抵住下巴
洋草果树，危机发生

昆虫吵闹，一声叹息
立夏之念，一炉红炭
最终——它们都是灰烬中站起身的猎手

工匠扛来镜子侧放，照见扭转的卧室
你说话的样子，像地球上的孤儿
我们的屋子即将出售，变形的空间
从你开始，至你结束

# 米绿意的诗

米绿意，现居上海。著有自编诗集《字的修行》，出版诗集《通往彩虹的梯子》。译有查尔斯·西米克、路易丝·格吕克、伊丽莎白·毕肖普、切斯瓦夫·米沃什、W.H.奥登等人的诗歌作品，编著《米绿意译诗合集》。获第三届奔腾诗人奖。

## 梦中的婚礼

虽然没有看到她的脸，但我确定
她就在那里，并非惯常的想象
因我的敏感丢失的友谊
也回到了身边

白色和蓝色哪种适合我
一双柔软的手
替我梳理头发，安慰我，长辫子不会用去很长
时间。好时辰更是需要等候

我开始想他：他的脸
和妈妈的脸一样模糊。他善良宽容的品性
足以使我相信将一直爱着
我们身体内的，和领养的孩子

大厅里人头攒动。我看到人们
相互问候，友好地交谈，真诚表示
对爱的信念

这跟理想多么相似。我突然有些怯场

除了葬礼后的相聚
没有比在婚礼上见到亲人更欣慰
我死去的母亲复活了——她在帮我梳理长发
以及父亲，我们终于冰释前嫌

## 如果生活在寒冷的地方

如果只能生活在寒冷的地方
（且丈夫先她而去）
更有效的，也许不是
穿得多，而是增强耐受力。

而是走入更冷中。
打破一种僵局，打破诚惶诚恐
无以持续，转向其他面，
反正没有什么更不堪和糟糕的。

如果可以就（最后一次？）试试爱情
为什么不呢。像第一次也像最后一次
期待快乐结局，像不曾受过伤害一样

去爱*。就到了更冷处，只是冷
不会将你冻住，也击不垮你——
即使另一面真实是他有家室，
妻子年轻，遗憾的是孩子发育迟滞；

因为像雪莱一样的梦想支柱崩塌了**
我看见你又一次步入寒冷的水中，

穿着艳丽的泳衣：吸气、呼气，
在 3.7 度的水中游向自己。

*“去爱吧，像不曾受过伤害一样”出自艾佛烈德·德索萨的诗。
**“像雪莱一样的梦想支柱崩塌了”化自 R.S. 托马斯的诗。

# 陈陈相因的诗

陈陈相因，生于黑龙江，现居上海，复旦大学中文系硕士研究生在读。诗歌散见于《诗刊》《星星》《诗歌月刊》《青年文学》《北京文学》《扬子江诗刊》等刊物。曾获第十二届光华诗歌奖、第三十九届全国大学生樱花诗歌邀请赛创作组二等奖、第四届快速眼动诗歌奖。

## 廿五岁，我的她画像

可她的数码画像，竟塞满我的手机相册
速度起来，页页生动恋世得怪可爱
此颜岂乃我人裳？她替我试过这件不合身

如今她，我镌刻的弱形式其一。时年未满廿五岁
杵成坚韧的武替，在晴阴之隙奔课业
路上复发讽今戏言。我探听她玩心的高能

狂飙的闺秀，铁血的童姥
某只恋双性的东北萨福，从她之中跳出
Myself，je m' appelle……（我的名字是……）镜子是第一门
闯入生活的外语，我是第二门

当她甩下鞋，潜进这家独居学区的卧室
我开始灵验，调皮地摘下眼镜，将她
送上文学的贼船，向四大洋的书海里亡命

写给我看吧，女海盗！你是知识拴住的暴徒
也是动不动搬上终身的赌徒。惊险的描绘
戳到性情隐微点，风貌珍贵才汩汩涌现

我们写自我的史诗。准确地说，我缭绕她
以诗写自传体通史：陈陈相因，一个宇宙！
惠特曼写下后半句，前半句，我为她满上

我呀，疑似她之进行诗。快成撒旦的路西法
马上反抗成功的普罗米修斯，跟随写作不断接近她
暗中为她热烈地命名——
命名即是向辉煌生火，命名即是立刻发生

## 钟情记

——赠李昀璐

拐道仙洞装修，料理料理新衣
倜傥的自信，情网恢恢，便被爱目击
途经我，就被孽缘犒劳后悬赏

比美总是重围，深春园一座旺铺
布满了媒人伴佳期，花枝纺线
穿翠又为小蝶仙的秧歌儿点睛

你是其间调香的走兽，乌发妙笔
缝纫结彩楼，腰肢剪眼窝与金山
汝瓷身缓步，摇动湖浪星迸的蕾丝

刁钻唇，独秀的狱门，指点什么独具？
我必不是你的淡饭，你的画眉郎

帮不了你瘦身。宁为你失了一双

无缺慧眼，赞助这万籁蹒跚视听
你生是万物的娇妻，我不能总是
拒绝你，来自舞，却往火中去

## 海马先生

亲爱的，人女与生俱来的艰难
为你求孕的真情化解。我们之中
力强的一方，竟自觉揽下男母之全责

卵生分工优越了胎生，搁浅下雌性
大海自成全母体。你汗蓝，眸湿漉漉
卷曲尾勾住了珊瑚，心路却卓绝

人类未必要怀恨地灭亡，有效生育
亦可以是替换。棱角腹囊，一只戏法抽屉
正准备以新取代旧，用良善没收秽迹

将现世的男女收入其中，文雅父爱
教他们重新出生一遍。儿女从此彬彬有礼
摇动着性弱，仿佛深处从容的藻荇

小绅士、小淑女，每一只都杜绝了
压迫、侵犯、歧视。即使已如海底强弓
也从未想过对差异貌支起暗箭

唯有此，爱，才接续意义。我们脱下
生理的本质，涌进对方之躯，保持长吻的嘴型

日月，岛屿，也为公平的交换放低姿态

生死性因而统一，海中遐想的未来开始
覆盖陆上时间。世界，慢慢躺回平衡它的水
沿着万类的异性，长回抚育爱的共通

## 周幼安的诗

周幼安，生于辽宁锦州，现居上海。同济大学艺术学硕士，兼事小说写作。有作品发表于《钟山》《诗刊》《北京文学》等刊物，参加第二届长三角青年诗人改稿会、《诗刊》社首届青春诗人研修班。

### 修枝速写

为剪掉那些多余的
不被允许的枝叶，
他小心登上一座微缩脚手架；
而我却站在原地，使用点耐心，
等待时间将野蛮再次构图。

对于植物而言，这力若搔痒的毁灭
无时无刻不在自省中发生。
但挥霍暴力之手，
磨光的剪刀是可数的。
他捻灭过的烟缕也是可数的。

工作很快完成。我目送他
夹着梯子离开遍地伤心的衣冠冢，
不踩疼任何一个。我想
如果能在相同的位置，断臂复生，
或许足以平息春天浑浊的怒气。

我和他谁才是更无情的人？

屠夫与懦夫，新世纪的行刑者与
看客，协同完成了技惊四座的紫藤花之死。
危险在发酵，把永恒已自甘认领的
全部疼痛转交给我为何。

## 拟为一名落水的朋友而作

浸枕痛哭到第七天
他决意出去走走
一个人，不带他亲手喂养的猎犬
与那般坚硬的投死之心
无端由地，走到湖边的空地上
落叶翻动落叶焚烧过的焦灰

烟熏过的乌托邦，比不过一座寺庙
旅游淡季时断断续续的香火
他的外套单薄，把双臂瑟缩在
一口哈气升空的青烟中
隔着青烟，用目光狩猎枝头惊诧的雀群
用不了多久它们将被天性再次召回

因为寒冷，他的神情有玉质的通透
那是我后来才想起的细节
如今他是寂静无声的人，昨天
他是彻夜难眠的人，特别熟稔于
零余的快乐，旅行袋里装满舞会邀请
却从未有一位侍者为他打开大门

幸好童年的排练足够充分了。
坐在安娜卡列尼娜身侧的座位

翻动言情杂志，结果只充当了一次
偷情的秘密信使。而荣获嘉奖的手风琴
永远失修在中学时代，愤怒的食指
被酒桌强行按下最后几个重音

是的，那声音至今未停。至今
环绕在我周围，需要永续的泪水散热
生活是一块长海绵，吸纳着
本不属于我的部分，并强迫我
继续回答那张必须匿名的调查问卷
他溺过水的疲惫的脸，至今还在我脸前

# 崖丽娟的诗

崖丽娟，壮族，现居上海。中国作家协会会员、中国诗歌学会会员。出版诗集《未竟之旅》《无尽之河》《会思考的鱼》，编著十余部图书，发表诗歌、文艺评论、作家访谈等一百多万字。

## 大海，收藏另一个我

你把心置于孤岛
封锁一切救援的航道
漫长的沉默，尽头是死海
失踪，是名词还是动词
我的灵感没有方向
溺水的诗，苦等返回的目光打捞
它们都不是鳄鱼，游不上岸
海藻缠绕橹桨，爱情小舟覆亡
生活利斧劈开一条深深海峡
幽闭沉默的心，从此害怕波浪
跌宕起伏的蓝光
被泪水收藏

## 张雅婷的诗

张雅婷，生于昆明，现居上海。同济大学中国语言文学系硕士研究生在读，曾任同济诗社社长。作品散见《上海文学》《江南诗》等刊物。获第十二届光华诗歌奖、第二届凤鸣文学奖·诗歌奖等。

### 没有分别痛苦时刻

至于我们，尚且在时差格栅的远端排队
——朱朱

镇定和虚饰也一并障目，
玻璃体下的世界深蓝——
清澈，日子和感伤一并

溺没。天真并非少有雷同，
脱离使你变得单纯。简单又
可恨，全部节律都是空心的。
画圆你错位的阅读，分层的咖啡
连同牛奶被吞下。我吞下

大口棒冰绵密。麻木的充实
无法闭合。几乎是
毫无知觉地来到今天——
和你绕远路，小步行走，确凿

地顿挫。一阶一阶

席卷；一切在何时发生，
长久梦寐如恐惧，你的抽象
把结尾倒置在开头、未来
在重复改变——朝向它，去

跳湖，彻头彻尾地滴水。

## 游歌

浪翻过你，一团寂寞
在单调的夏天聒叫：爸爸，
我不能呼饱气球，不能
把肚皮鼓足至薄膜，附着空气里
满足的颗粒似绒毛。沙沙，
雪花屏音量，蝉借我
包袱或想象，没有塞进衣摆的一团不是
排演——扮上母亲的游戏，
我们从窗台跳下、
降落，沙发柔软得可以曲张

两腿，（像炎症，生出的女儿发育，）
而圆润，（充满陪伴的美意。）

而增生，寂寞是
暑假里自顾自的等待。爸爸，
腹部不似你空空，尖声地
如实，诚实地发射讥讽——
（等天真的孩子）蝉蜕，左右
左右摇摆，感觉被抚慰。
感觉被承诺。家庭不是。

欺骗不是。分开的屋子不是

爸爸，整个夏天都在等你
带我去公园，（等）蝉声那么长，
那么长，像哑巴一样秀丽。

## 海浪观测

“不用害怕，这岛上到处都是声音”
——杨牧译《暴风雨》

一个完整的浪是四秒钟，风矮时
是三秒。数数并非唤起之强项
（判断亦如）力，或洋流在隐地爬摸
用体温把他们变凉。变凉，
（沾染我的水分）到磨成圆形的石头坐下；
辨不出方言的地域，密密地
让舌头铺展过来，孩子牵父亲的手
咯咯笑（让海舔她）。

你于是看到盐的味觉——等待蒸发
印记在裙摆上泻成湖，仿佛是
洞：一个天真的闯入者，
我对危险一无所知。一个岛屿就像
一颗结实的果子（酝酿着）
幻觉饱满的酒气而历史是一片海：
流动的金属，酸 * 的爱丽儿 **
为未来走刀尖，踮起末梢的趾甲
（如此好奇）试探，拧干裙子，绞
直到布料变皱，颜色变白，灯芯绒的鱼尾也

闪烁更深更深的疤痕。

我们去向两千年。朝前即是往后
（捡拾星星），当心牙齿
化作泡沫的口角吞咬我们的脚。
安全是暂时的吗？
一次白浪撞上小腿，几乎把我击倒。
（那太美丽了）我是说，
如果毫无知觉地跌向死亡，从背后
被义无反顾的决心漂起。
即使如此，我还是在恐惧的毛孔间踉跄
（我害怕）被覆盖又抹去。

*y2k（千禧风）的一种风格即酸（acid），突出未来感、迷幻乃至致幻。

** 爱丽儿，《暴风雨》中给颇罗斯贝罗为仆，施行魔法的岛上精灵。也是安徒生童话中的人鱼，她因为想拥有永恒的灵魂，死后变为星星而非泡沫，所以追求化为人身，最终因无私的举动，死后化为可通过善行获得不灭灵魂的精灵（详见叶君健译本）。

# 陈莫的诗

陈莫，湖南邵东人，现居上海。作品散见于《诗刊》《诗选刊》《诗歌月刊》《江南诗》《湖南文学》《散文诗世界》等刊物。获第七届国际诗酒文化大会现代诗组金麒麟奖、第九届中国（海宁）·徐志摩微诗歌大赛佳作奖等。

## 省略

雨水高悬。眼下是夏天
蓝花盈开在天青色的背景里
院子空空荡荡

一股蓝色的风，穿过它
再穿过栅栏的罅隙。栅栏上空无一物

风悬在一条晾衣绳上，晃晃悠悠
那串水珠，像未系紧的珍珠项链
仿佛随时都会散落

风最后吹向我，像要把我吹开
可惜啊——
我的心也如空空的院落，没有一朵花要开
像是省略了什么

# 叶子闻的诗

叶子闻，籍贯上海。中国诗歌学会会员，上海市普陀区作家协会会员。作品散见于《上海诗人》等刊物，入选《万物流向彼此——中国女诗人诗选2021》《缪斯的桂冠将抛向谁——中国女诗人诗选2022》。绘画作品获得第四届“足迹”全国少年儿童美术书法活动金奖。

## 亲爱的，生日快乐

阳光指认树的年轮
我照着镜子，对自己说
亲爱的，生日快乐

和时光，两不相欠
和过去，一别两宽
这是我更换的第几面镜子

只有把一棵大树锯断
才知道树的真实年龄
我需要填写镜子里的春秋

为一个早晨的自然段
打一个句号
理所当然地空一行

留白的地方仿佛一个暑假

接下来是一个新的剧本
一场戏接一场戏

下一场戏的开头
仍然是我和镜子
以闺蜜的身份互相保守秘密

## 我爱

我爱轻如鸿毛
蝉翼，鸟鸣，风轻

我爱静止的事物
写生，发呆，抑郁

在初恋之前
我爱上一张白纸

献上我的初吻
口红的罂粟花没有向外界开放

有一次我爱上遗址
里面住着一位英雄

美女迷信
重于泰山的异性

我爱捡河流修改后的病句
树林的周边有斑鸠的灰色

修女的清白
紫罗兰，郁金香，薰衣草

我掌管《诗经》中的风
从前，我不是先生就是暴君

# 湖北女诗人

## 阿毛的诗

阿毛，籍贯湖北仙桃，现居武汉，一级作家。出版有诗集、散文集、长篇小说等近二十部。作品入选多种文集、年鉴及读本，部分作品被译介到国外。获多项诗歌奖。

### 失眠者的清晨

突如其来的阵雨
抚摸着
缝纫失眠症的碎片夜晚

被间歇性耳鸣碰触的骨钉
竭力挂住接踵的雨季
漫长的唠叨教育
和失去调性的弹力

失眠的诗句
在卷笔刀、橡皮擦和铅笔刨花旁的
白纸上数羊群

鸟鸣、门铃反复剪辑着
飞旋的空白与脑雾

所幸雷声和练习曲的交响
捞起了快速下沉的日常

## 记得我

童年的自己
喜爱在一条小路上奔跑

喜爱抓知了
数星星
听呼喊也听回声

那时候还不知有多重宇宙
有复调形式
有量子纠缠

不明晰追获光斑与花影时
消失的旧途与模糊的前程

喜爱采集金铃子
收留的蓝色风、绿雨滴、牵牛花
……

转瞬即逝的笑容
与突然而至的眼泪

童年记得我
但我尚不知

每一种人生
都有不可言明的前世
与意味深长的结尾

# 夜鱼的诗

夜鱼，本名张红，中国作家协会会员，湖北省作家协会全委会委员。湖北省文学院第十一届、第十二届签约作家，现供职于长江丛刊杂志社。出版诗集三部。曾获第七届叶红女性诗奖首奖、首届孙犁散文奖、第二届湖北屈原文学奖等。

## 石头村

几乎所有上了年头的柿子树
都有半米多高的拴痕
下细上粗，貌似头重脚轻
却一点也不妨碍它们
抽枝散叶
在古村，除了缝隙中的草
在寒风中摇摆得可怜
那些垒成墙，或堆成垛的石头
岿然不动。空成一张皮的老柿树
最老到，弧形的老皮之上
蓬开遒劲的枝干，想象一下吧
深秋时节缀满的果实
如果我们不触及一些人类的豪言
大自然将会提供多少坚韧供人依赖

## 繁花

早开了几天的白玉兰已萎黄

紫玉兰正艳
樱花也飘坠得差不多了
垂丝海棠和紫荆已上场
梨花白得比樱花亮
而李花，已落成满地霜
每每经过，我驻足、唏嘘、哀伤
但这不算最残忍
樱树下，泊着你的黑色轿车
你在车里静悄悄地等我
走近，却空空如也
哦，你已被隔离在另一座城市
驾驶座上晃动的人影
是我的幻觉，而在幻觉之外
无数细碎的花瓣
真实地落下来

## 路经灌木丛的豁口

它躺在灌木丛里，与黄土一个颜色
远远看去，像隆起的一垛土
这是我每天的必经之路
为了避开它
我不得不寻找其他的豁口穿出
还是忍不住瞥了一眼
它曝尸于野的死
那一动不动的空寂
日复一日的塌陷与腐朽
与几步之外的风驰电掣形成对峙
渐渐的，这种对峙也松懈了
它就要成为真的土

不由得想起另外一只蹲踞在树上的猫
虎斑纹，宝石般幽冷的目光
骄傲、尊贵、凛然
如此联想有些残忍
但残忍的概念只存在于活着时
死亡不得而知
但即便我最终的死不知道我所有的活
我还是要在活着时保持宝石般幽冷的光束

## 熊曼的诗

熊曼，湖北蕲春人，现居武汉。出版诗集《形而上的夜晚》等三部。曾参加第三十四届青春诗会。获第五届扬子江年度青年诗人奖、第四届中国青年诗人奖。

### 流动

走在路上，风是流动的
风吹过水面，水是流动的

虫鸣急一阵缓一阵
虫鸣是流动的

云朵时聚时散
云朵是流动的

月亮躲在其中，时隐时现
月亮是流动的

在所有的流动中
我确定了自身

一个移动的小黑点
走在巨大的地球上

我的快乐与悲伤
是流动的

## 阶段性的

随时随地地敞开是一种美德
但也是不幸的开始

年轻时，我也拥有过
阶段性的甜美与天真
但终究浪费掉了

生活教会我们保留的艺术
真实有时并不意味着美

我阶段性地仰慕过你
在你完全袒露以前

## 身体的社会学

我从未真正了解过
自己作为女性的身体
直到进入青春尾期

人们总是隐晦地谈起它
围绕它，诞生一系列称号
将之套在那些女性头上

在两副对骂的喉咙中
它指向肮脏。很多年
我做不到抬首挺胸

我的身体，它生来有罪

在禁锢中长大
又在疼痛中学会隐忍和爱

我在灯光下打量它
像打量不相干的客体
我们都感到有点孤独，有点冷

# 湖南女诗人

## 张战的诗

张战，湖南长沙人。中国作家协会会员，出版有诗集四种。获第十二届丁玲文学奖·作品奖（诗歌）、首届艾青诗歌奖·提名奖、第三届谢璞儿童文学奖。

### 秋天我又打扫屋宇

秋天我又打扫屋宇
抹布洗得发白
柔软吸附着每一粒灰尘

亲爱的灰尘
你们从何而来
以何种轻盈的方式
以微米的力对裸露的一切宣布占领

轻轻把你们拭去
从两个榉木音箱的台面
从茶壶嘴和壶身的衔缝处
我的眼睛到哪里
灰尘就到哪里
事物总是这样
你寻找
它就显现

阳光从东窗照进来

野马尘埃
悬停在金色光柱里
我屏住气
它们就不动

有时我也让吸尘器咆哮
床板底下的小灰球
书架最高处的灰绒毛
我热爱这徒劳的战斗

秋天前我去了许多地方
现在我回到我的屋宇
我的地板上留下大海铁灰色的脚印
我也更爱低头静坐
如红花绿绒蒿开放时的垂首

秋天我又打扫我的屋宇
1968 年阿波罗号从黑月亮里驶出
比尔·安德斯看见地球
星际间的一粒灰尘
从一片虚空中升起

## 夜访山寺

山寺像暮色一样
站在暮色里

来晚了
但门还开着

依稀看见门柱上彩绘剥落
屋檐上衰草窸窣

我的同伴也是第一次来
却像刚离开家门的人晚归

酥油灯沉默而颤抖
我带来一颗怯弱而羞惭的心

过多欲望
越来越难以专注
爱却没能竭尽全力

稳住手
点灯时，让心里只有灯

酥油灯光有太阳的颜色
转经筒绵延来自大地深处的雷鸣

低低的念诵
把寺庙从暮色中抬起

## 春

在鸟鸣比刀刃还锋利的春天
她祈求乌鸫鸣叫时音量小一点
下午的叫声能不能比上午的暗淡一点
明天的叫声能不能更软一点

她祈求红梅落下时花瓣不要那么白

如果红梅只能落白花瓣
她祈求它们像雪
能捂紧在胸口慢慢融化

她祈求风跌跌撞撞奔向树林时不要哭
风一哭就软脚
最粗的松树都扶不住
她祈求至少有一个树洞能让风躲起来
哭声也应该有一间自己的房子

是怎样、为什么、怎么办
这就是一切的归结

她以为自己站稳了地
摸到了天

# 玉珍的诗

玉珍，生于湖南，主要创作诗歌，兼事散文、小说、随笔创作。出版诗集《数星星的人》。

## 我的情感

在两棵树中间，一轮很大的月亮
今天我格外注意它
非常圆而美妙，但不是我们创造的
在两种时间，或两个人
两种生活的
中间。月亮
永恒不变。
当我移动，走得越来越远
越来越孤独
越来越靠近它的光
仿佛要走到它的位置上去
那光芒突然陌生、奇异了
像某天夜里我猛然望向圆镜
一切没有改变
像月亮总在那位置
难以想象
一种永恒，但不是人创造的永恒
在它的圆形下行走至极限
你能在任何地方仰视那光辉
如果还记得
在所有树的顶端曾有一轮月亮

记忆就不会消失
那是生命
那种美其实是我的情感

## 一切的树叶

一切的树叶都在摇晃，多么美
一个动着的死亡的世界！
只有树叶在动

## 老爸

他们说我像他，像是种浅显的东西
他不爱说话，不爱笑。但我不是他
香烟的语言几乎没完没了
缠绕这个家几十年
如果有什么可留给我们
就是忧愁，还有咳嗽和酒。
我与他谈论的通常是些必要话题
因为他更爱沉默，
你知道云是停不下来的
而他是一阵雨，在那些道路上还有
未死的步伐
都指向我
我是他精神的第二个分身
为了使他只做他自己，他发明了沉思
谁也没法将他拉进别人的世界中
他知道两个世界间难以抵达的壁垒
因而很有分寸，很保守
他对一切的新鲜抱有警惕

那些往外出走的、冒犯的
又叫他缺乏信心
从不让它们冲进自己的生活
他用鞋底压制那遗憾
坐在那里，抵制陌生路途的入侵
他几乎与世无争了，
抗拒怪事物的压迫与荒谬
并给自己下了个定义
接下来，就这样生活，刀枪不入
如果疑惑变得更多，他就打来电话
所有的一切他都懂。但裹着一层壳
有时用锤子敲碎壳，
从那缝隙里点了根烟
缥缈的新世界虚无
但他获得了踏实

# 邓朝晖的诗

邓朝晖，现居湖南常德。中国作家协会会员。参加鲁迅文学院第二十二届中青年作家高级研讨班、第二十三届青春诗会。获第二十七届湖南省青年文学奖、第五届中国红高粱诗歌奖、第四届常德原创文艺奖等。

## 全家福

如今
这张照片上只剩下我们四个
妈妈已是九十高龄
姐妹仨都进入了人生的秋天
这些天来发生了许多事
姐姐变得清瘦
像是吐掉了中年的负荷
回到她的少年时代
自父亲走后
潮水也光顾了我们这个内地小城
起起落落
我们都已尝过
如今
金子般的夕阳洒上了树梢
我们已羞于再提当年之勇
只感叹今天的天空与晚霞
落日像一枚打碎的鸡蛋
流淌着

自由的汁液

## 那个黄昏

那个黄昏特别长
我穿过飘着芦苇的甘溪路
经过职业学院的门口
那些孩子和栾树都很年轻
黄昏也很年轻
我路过我们相遇的小区
门口照样有卖馄饨、米粉的女人
小学生吹着哨子
走在回家路上
这是个寻常的黄昏
只是因为我想起了你
变得像河流一样缓慢

## 壬寅年初，被冰雪照耀

辛丑年的最后一天
父亲的坟头落满了雪
被雪覆盖的还有松枝、黑瓦、菜园
杉树林、小沟和只剩稻茬的田野
我们燃烧香蜡冥币
叮嘱他一路跟我们回家
在除夕，山村显得更加旧
新生的秘密都隐藏在地下

壬寅年正月初七又下雪了

这是春雪
小院里风正刮着
竹子在滴水
鹿在鸣叫
柿子在燃烧
写字桌上一支蜡烛就要燃尽
这是不是父亲？
还跟随我流连在这红衣绿袄的人间
而人间已没有什么能够给他
除了让一袭冰雪
远远地照耀

# 江西女诗人

## 林莉的诗

林莉，江西省作家协会副主席。诗文见于各报刊，出版诗集多部。曾参加第二十四届青春诗会。

### 野桃树

田埂尽头，有一棵野桃树
春天的时候
花枝绚丽，仿若
是谁满心欢喜，散发
一身明朗、洁净的气息

而今，无数的果子
正由青转红
等着飞鸟来啄食
叽喳着挑走更甜的一个

你好啊，野桃树
谢谢眷顾
树下这个心碎的人
爱，并深爱

### 奇妙的春天

从小河边走过
雨刚停，田野葱茏，我是那样欢喜

蒲公英、婆婆纳、卷耳、红花草鲜嫩的样子
吸引着我
那些新长出的花蕾、叶片
闪亮，甜美

不知道为何，就在那一刻我记起了
我的老邻居
某次深夜啜泣、暴怒地诅咒
酒杯摔到地上的碎裂声
我的呼吸变得困难

我从一条田埂走到另一条，怅然、迟缓
时间，终会一遍遍涂改、修复着破碎的世界
春天又如期而至
暴雨后的小河浑浊，漂浮着杂物
用电瓶打鱼的人继续蹚着河水

我的眼前
一边是清新的欢愉，一边是泥沙俱下的生活

## 满月

如果我爱，我就拿出四种词语
干草垛、空麦田、满月、牧马人

如果我爱，我就让昨日的粮食堆满谷仓
牧马人坐在干草垛旁，明月濯洗石头的城

如果我爱，冰冷之焰在头顶上寂静流泻
一辆马车永远无法运送黑夜的荒凉之烛

## 林珊的诗

林珊，江西赣州人。中国作家协会会员，首都师范大学驻校诗人。出版诗集《最好的秋天》《好久不见》《小悲欢》等。参加鲁迅文学院第三十六届中青年作家高级研讨班、第三十五届青春诗会、《人民文学》第四届新浪潮诗会、中国作家协会第十次全国代表大会、第八次全国青年作家创作会议。获第十七届华文青年诗人奖、第二届中国诗歌发现奖、江西省第六届谷雨文学奖、2016 江西年度诗人奖等。

### 露珠滚滚

草色太青了
彻夜坐拥群山的人
有很多。山坳深处那个
蔚蓝色的湖泊
是隔天清晨，等待日出时
闪现的。椭圆形，盛满
群山的泪水
几个早起的年轻人
站在观景台欢呼
群山并没有应答他们
天很快就亮了
露珠滚滚
打湿众生的裤腿

## 爱会不会消失

还有真正值得被一问再问的人吗
夜晚的繁星会不会消失
清晨的露珠会不会消失
爱会不会消失

是第一次，夜宿山顶
彻夜倾听呼啸而过的风声
是第一次，面对一轮朝阳喷薄而出
哽咽着说不出话来

如此寂静的时刻，你该如何回答我

## 祖母

她坐上一辆古老的马车
来看我。天色已晚
我甚至看不清她的脸
只听见她的声音
穿过满树翠绿，围绕我
我有多久，没有见过她了
三个月，五个月
还是整整一年
那么慈祥
那么亲近的一个人
就这样走了
病床上，我仍然记得她
枯瘦的双手
向我伸出

送葬的队伍里
我仍然一身缟素
带着汹涌的痛楚

# 范丹花的诗

范丹花，江西省作家协会会员。诗歌散见《诗刊》《十月》《星星》《草堂》《作品》《扬子江诗刊》《诗歌月刊》《青年文学》等刊物。参加第三十九届青春诗会、第十二届十月诗会。

## 阐释性

与友人聊到凌晨，她说想了很久
无论到哪一步，我们的困境与
预设的栅栏一样，都是“庸人自扰”。
的确。思维的筛箩往往带着排异性
习惯选择更利于自身承受的一面
并为此辩解、深掘—— 从而进入
多重误区的形而上学。对于尚未
介入也不可穿透的那一层，我们
总有未卜先知的悲伤，仿佛生命
内质中的山川峡谷已无法抵挡狭径上
涌来的狂风和骤雨，它必须
在一条坡道上横冲直撞、竭尽所能
才能趋于平静，这是隐秘的定律
“因为邪念使弯路显得像直路”*
作为反面的光照或支撑，也许它
能量中的无垠能够把我引入新的征途。
多少个静止的夜晚，那不曾抵达的还
闪动着星光，一种长久的耐力迷惑着我
尽管还能听见惊雷从锯齿形边缘滚落。

* 引自但丁《神曲》。

## 轨迹

那时铁轨就在窗外。夜晚
列车轰轰驶过，微弱的光从
他们赤裸的背部溢向两极。
哦。那个在暴雨之中哭泣的人
石楠花落在了他混浊的音色上
无穷的白光沉在一起。当他
起身离开，大雨还没有停止。
一整夜。世界仿佛停在另一侧
那个边缘的网中，毫无捕获
铁轨无声地铺陈在天地之间
为了什么，他感到遥不可及
山脉移动，怎么把他带到了那里
在什么位置上听见了磨损的颤音
爱如此复杂。结构有完整的一片
不。也许早已破碎。那种肆虐的热烈
在黑暗的穿梭中消失了
只有那道隐入的幽光有迹可循
在诸多岁月之后，那平静的铁轨内部
仍有一种余音在暗域深处回响

## 卡拉马佐夫兄弟：米嘉

而人世时有荒谬。一种有力的结构
压迫着我，让追逐成为一场驳斥或谬论
混合着所有情节的意外铺排
就在深夜一匹马向前奔去，马蹄声越来越大
它几乎就要从我的胸骨中冲出了
这剧烈声响让我也在黑暗中徘徊了很久

步伐的雾霾笼罩在书页上，从内层
陷落的暗道中，望见茫茫一片雪域
这尘世活着的人啊，也必须容忍
灵魂中住着类似米嘉的人，看他横冲直撞
眉头紧锁，想把他拉离那道翻过的墙垣
想让他站到局外，看到激烈的虚空之处
直到那匹马精疲力尽，完全停下来

## 徐琳婕的诗

徐琳婕，江西浮梁人。诗歌见于《诗刊》《诗潮》《扬子江诗刊》《星星》等刊物，获 2022 江西年度诗人奖提名奖。

### 罗盘

后来，她向人们描述自己当初的选择
把志愿书上填好的“高中”画上两道斜杠
写上“中师”。迷惘而又隐痛地
看向特意骑车赶来，立在教室门口的母亲
十几里外的小村庄，青砖破瓦的平房里
还有她三个不知事的女儿
和只知卖苦力的丈夫
母亲，拉着这艘破败的船
罗盘一般，为一家人的命运指引好方向
从学业到工作，从婚姻到生育
从哪块土地该种下哪棵秧苗
身体里的磁针时刻保持着警醒
后来，她常坐在黄昏里，问我们
“你们有没有怨恨过我？”

### 食春记

向深渊般饥渴了一个冬天的胃里
投掷香椿、野芹、水蕨和春笋
吃下阳光金色的吼叫、雨水透明的喘息

以及泥土绵密的呻吟
整个身子就开始酥软，且充满野性
她开始剥离自己。褪去结霜的皮肤
坚硬的骨头，和陈旧的血液
并开始说话。说蝴蝶的话、蜜蜂的话
野鸳鸯亡命天涯的话
蜜汁包裹进石头，唤醒一个新生的灵魂
那在冬天死去的光影、花枝，结冻的盐块
和情欲，现又重新活了过来

## 大年夜

低温逼出白色的雾气，在村庄弥漫
收割后的稻田，布满无头尸身般的稻茬
田埂的尽头是一户低矮的黄泥土屋
那个独居老人，在这个夜晚
自斟自饮，把收音机里的京剧唱腔
音量调到最大。它们与稻田上空的雾气
纠缠、交结，显得忧苦又疲惫
而更多的人，此刻也不过是
反复从口袋里掏出手机，无聊地
划来划去。他们只是
不敢让自己的孤独，太大声

# 浙江女诗人

## 荣荣的诗

荣荣，本名褚佩荣，祖籍浙江余姚。现为《文学港》杂志主编、宁波市作家协会主席、浙江省作家协会副主席。出版多部诗集及散文随笔集。曾参加第十届青春诗会。获2014年度中国作家出版集团奖·优秀作家贡献奖、首届徐志摩诗歌节·青年诗人奖、第二届中国女性文学奖、第二届刘章诗歌奖、十月文学奖、第四届鲁迅文学奖等。

### 夜云

我无语看云时，也许会惊动你，
同时惊动多年前的你与那时的流云。

它们仍然白净，聚散着，
仍然不够巨大，不够将阴影同时投向

靛青色的天空和她滑落的绒帽下，
后移的发际线和风中的头痛症。

我总会在夜晚无目的地迈着
比云朵更乱的步子，走出一连串的你。

她们在此处也在别处，同样晃动如
风烛，一只只望定我的疼痛之眼。

## 最凡俗

她追着他的火车，他站在她的窗下，
曾经的蜜，有着最人间的平凡与甜腻。

类似装满她眼眶的满天霞光，
类似他将一根棒棒糖举成全世界。

谁追谁跑，谁悔谁痛，
回头时，中间总隔一个欢喜的枕头。

维系的儿女，一个个被时间抽离，
心里的伤感，有时更多的是不甘。

也有相对默然时无边的空荡，
他丢失的记忆，她松开的手。

## 天体

他们说你已在天上。
天堂的天，极乐天的天。

我想象你脱掉笨重肉身的样子，
我想象你在天上的样子，
亮堂的，洗去万般尘污的样子。

是一束光，还是发光的天体？

说不定还骑着天上的自行车，
月光的把手，星星的轮子，

衬着你年轻的意气，风发的恣意。
后座上的空虚，
载着前世今生里所有的忘记。

# 舒羽的诗

舒羽，生于桐庐，浙江杭州人。音乐专业出身，曾任电视台主持人，后创办文化传媒公司，近年于经营咖啡馆之余，兼事写作。有文学评论、随笔发表于《世界文学》《中国国家地理》等刊物。著有《舒羽诗集》《流水》《做一只充满细节的蜗牛》。

## 放马洲

我坐进苍茫的暮色，把你思念。
闭上双眼，就下起茸茸的细雨，
烟水中的放马洲，一双白鹭
飞起来，在江天上画出圆圈。

春江流不动，而爱已浇铸成形。
红楼隔雨相望，泠泠的骊歌
并不能让你从我的生命中回撤。
你眼底有着水仙弹奏的倒影。

我会回来的，会与你十指相扣，
并坐洲头。芳草柔软如呼吸。
夕阳凝注着我们闪烁的眼眸。

就这样，憩息在你滚烫的臂弯。
你知道的，我已无法离开你，
就像这山挽着水，而水绕着山。

## 桂花王

在桂花王撑开的浓荫里，你来过？
绕着竹篱，踏破春夜的苔痕，
你走上来，没有推开我的门，
就转身隐去。也许你只是经过

我的经过。你经过我的少女，
捡起分水江边我采撷的花朵。
你经过石明弄，我童年的斑驳，
坐下来，帮我下完那盘棋局。

你经过更小的我，日子好长。
目送我，沿着疯狂的青石板，
飞奔而过。躲进徐家埠芦苇荡，

又出现，在喧闹而又潮湿的渡船，
当舟楫划过，你来过，爱着或爱过？
桂花王撑开的浓荫上，有群星闪烁。

## 颜梅玖的诗

颜梅玖，笔名玉上烟，现居浙江宁波，供职于宁波某报社。著有诗集《玉上烟诗选》《大海一再后退》《馈赠》，部分作品被收入诗选《玻璃转门》。有作品被译介到日本、美国等。获 2015 年度茅台杯人民文学奖·优秀诗歌奖、第九届辽宁文学奖·诗歌奖和第三届《作家》诗歌奖等。

### 湖边亭观雨

风带来了阵雨
雨滴，又带来了一圈一圈的涟漪
这些留在湖面上的花儿
很快就消散
像我的一些思想
进入头脑后就逝去
并没有形成鲜艳的羽毛
雨滴的词汇量单一
它们对世界的表达，就是强调音量
从它们组成云的那一刻
就开始坚决奔赴自己的命运
像生活中前仆后继的我们
好在时间会消化所有
当湖面接收了最后一部分雨滴
橙色的晚霞开始在虚空开放
我起身，看见几株水蓼——
粉红色的花序，在风中

轻轻摇晃出一小片阴影

## 空

当乌桕叶飘落一地的时候
我知道，秋深了
我的松弛也更深了
这并非生活的富足
在走下坡路的年纪
心态就像一条河流
突然转向
我常常在半夜醒来
回想起从前
而从前的日子真的消失了
时间在给予的同时，也在吞噬
回望得越多
我的身体越轻
就如此刻
我走在熙熙攘攘的街头
茫然失神
一切都那么陌生
我仿佛来自另一个世界
我甚至看见自己，消失在
没有边际的旷野

## 风

我站在窗口，吹着九月的风
窗外，是一片在风中摇摆的荷兰菊

季节是漫长的
三月的风比秋风更浓
哗啦哗啦，此刻
它翻动着我书桌上的一本书
我想起了几个月前
从江北刮来的那阵风
它不由分说地闯入我的身体
试图把我赶出自我
我抵抗着
它的喧嚣，它吹来的虚无
我一直认为
风就是一个会融化的念头
风的意义就是成为风
女人们对此一直有着敏锐的见解
她们了解风
了解所有致命的事物

## 张巧慧的诗

张巧慧，浙江慈溪人。曾参加第三十届青春诗会、鲁迅文学院第三十一届中青年作家高级研讨班、第八次全国青年作家创作会议。获浙江省青年文学之星优秀作品奖、第十三届华文青年诗人奖、第二届於梨华青年文学奖、第五届储吉旺文学奖·优秀作品奖。

### 黄昏

人声静下来，虫鸣声
慢慢清冽
晚霞逐渐敛去火气。在乡下，
有炊烟升起，散发出植物的气息
荷锄而归的人和散学的童子
相继进门

天上，夕光尚未散尽，
新月已然升起
这是一天中最神圣的时刻
日月同辉，仿佛光明从未缺席

在这半明半暗之间，那些
我们不曾见到、不曾听到的，
正显露出自身的神秘

# 卢艳艳的诗

卢艳艳，浙江东阳人，现居杭州。园林高级工程师、国家一级注册建造师。中国作家协会会员、中国诗歌学会会员。作品刊于《诗潮》《江南诗》《诗刊》《西湖》《十月》《诗歌月刊》等刊物，著有诗集《飞花集》《雪中之雪》《修辞之雨》。

## 修辞之雨

修辞的意义是
在雨中
拧干湿漉漉的文字
在烈日下为滚烫语气
降温。为了让那些必将到来的诗句
所造的形象
看上去如潮流百变，又如人性
千百年来，一直没变

一天仍是二十四小时
前一刻在雨中尚未开始
后一刻在雨中行将终结
怎样才能
与他人交换身份，与姓名
哪怕只是看上去
站在自己对立面
等待那雨后必将到来的天光

我仍需穿过整个夜晚
等待积攒的雨水
被疾驰而过的车轮
甩出身体和地面，击穿旧我
代替所有哑者发声
或者清理掉浸泡已久的眼睛
以盲杖寻找一面
永远无法照见的镜子

## 穹顶

悬垂的半球体，使人觉得
自己是一颗星子、一个核心
如果把头顶的天空
套一个壳，画一条弧线
就是无形时间里的
你和我
穹顶上的壁画无与伦比
童话里的故事还没实现
并且，永不实现
为什么穹顶一直存在？人们
不断将褪色的梦
重新涂抹，这是最安全的方式
当良知的寻找和目标的实现
都在弯曲的大地上
你免不了踉跄前行，无休无止
只有穹顶，既能结束
空空如也的仰望，又能
模拟通往自由的路，从目的地出发
就这样，穹顶不断被建造

无数砖石围成一个个有形天空
仿佛触手可及，在人为的视阈里
虚无主义就这样被赋予重量
一直以来，让穹顶之下
关于飞翔和沉沦的游戏
从未停止

## 张小榛的诗

张小榛，青年诗人，毕业于武汉大学，现居杭州。诗歌散见于《诗刊》《飞地》等刊物，著有诗集《机器娃娃之歌》。

### 涨潮之子

我认识那名为汉语的朋友，
听过他怎样消化尾韵，就像
很多年前
曾在星河注视下扛着设备
等潮汐来见我们，
那贫穷、起着风的
海潮

送来鲸落，无时态也无变格
如山耸立的诸先祖。
或者永生之后只剩遍地黑帆。
时间会惩罚那些
写下速朽文本的人，又或者
语言总是绝罚其背叛者。
我知道你要说什么：
湮灭，唯一的名词，但仍

在雪之下，寂静又欢腾
吵闹着一些光
等待赋温度给那悲哀的人。

或以为沉入冰河只出于宿命
没想到被融化的仍是我
醒来在铺满水磨石砖的海面，
在幡杆与碑刻旁。
用手指吧，指那些帆，
为它们命名使海潮羞愧。
斜阳里，彼岸不需要倒影的城池

正从颓塔身上抠下残砖
摆成一垄垄诗句。
守航标灯的孩子闻见月升
而挥笔书写父亲：
海，我何时当换用呼语
向你的风的行列吼叫？当十五夜半
语言的涨潮随满川风雨
狂击手中纸页

用手指吧。
指天地，指沙滩上飞鸟，指万物
使词不再割伤它们——
有时，在饮酒后的梦中
我这样劝勉他人。

## 上海谣

——致 T

我们在自己的城里当游客，上海
忧郁，忧郁，铁灰的忧郁。
（有根电线正把你心里的歌谣唱进我双耳）
唱吧，T。大雪纷飞，冬季正在结束如

我们漫长的疏远。一些红山茶刺破我皮肤
开在目光与对目光的臆测中。

你的嘴唇滴下寒冷，说出这座城的名字，
铁灰的白名字；或许在北方
风雪将胜过一切敢于凌寒的叶簇。
外白渡桥横贯你胸膛，那根细线般的胸骨上
烧着烽火，光与暗。
你手臂上的血管是为了更好地缠紧我，T，
而黄浦江上船来船去
是为了打捞父亲遗留下的死亡。

……你，你这人生如梦学的专家
总是嬉笑、震颤、被地铁与电缆反复穿过。
就这样我剜去你双目，使上海得以
从江流中张开黝黑的睫毛
等海潮送来新土地，被系上沾染你气味的街道。
或者，我仍被刺透在电视塔尖，缠满红丝带
像一只尘土构成的蝴蝶。

## 南京南 *

你曾降生如红山茶坠地。
在泪水与不安分的药液中
从一片小桐林而出。
被白布包裹起来。穿过风。
有人在你周围撒下
相迎的雪。
悲痛在你和你身体间
撕开一条裂缝

填入什么香的东西，仿佛光线
（或许有星路过头顶）但
为你接生的石匣
很快重新填满草木。
我们曾宴饮当花朵离开枝条，
有些碑刻萌动在土壤中
呼唤你：为他们降临。
两千年泥沙堆积。
辞章的铁骑犁平亭台楼阁
在南京南，不存在的山茶花之城。
你站在山上像刚刚废弃的鸽巢
目光像初生的婴儿浸入尘土。

* 侵华日军南京大屠杀遇难同胞纪念馆作。

# 福建女诗人

# 叶玉琳的诗

叶玉琳，福建霞浦人。文学创作一级，中国作家协会会员，福建省作家协会副主席。著有诗集四部，获奖若干。

## 蓝色翻滚

诗歌里有黄金
人们听从这一声召唤
从四面八方涌到这里
写诗，吟诗，踩着海浪的韵律
像采挖珠贝一样轻松自然
如果这些耸立的文字
能够缔造出另一片海
会不会比东海更深远
比海蚀岛更坚实

少年在夜晚的海风中归来
左手握着锚
右手攥着沙
中间要穿过凹凸的峭岩
一首诗的使命也是这样
像沙子中拣金，沙漠中掘油
用什么意象更值得骄傲
时间海太抒情，时间海又太抽象
为了给诗歌沙龙永久加冕
每个词语都要手挽红霞

淬火成钢

伟大的海近在眼前
神秘的诗篇蓝色翻滚
最终要回到母语的心脏

## 山河令

亲爱的父母山
现在我和你们仅一河之隔

我的宝藏都堆积在远处的山岛
我的眼睛里长久潜伏着
春风、纤云、潭影
廊外长空是你们的绿皮书
偶尔掠过一两匹红棕色野马
仿佛云中带锦
拥向永远的追光少年

我们曾经一起做过汉字的游戏
把纵横的海域命名为霞浦
把向阳的丘陵命名为蓝田
趁着四时佳兴
多少河流汇入大海
多少往事各归其所
可是秋风最终占据了东山之顶
替你们运送明月之诗

多少人和你们一样
没有见过高原雪鹰

也没有听过沙漠驼铃
长安三万里
余生我替你们看护好
身边的草树斜阳，落英缤纷
这镶嵌于骨血里的屈曲、伸展
抽离了时间，抽离了语言
却仍有白首之心
穿林打叶，酿泉为酒

## 阳子的诗

阳子，现居福建省漳州市，写诗、画画。新死亡诗派主要成员，中国作家协会会员。出版诗集《阳子诗选》等多部。获福建省第七届百花文艺奖三等奖等。

### 邻居

前一秒钟是这一秒钟的邻居
时间没头没脑
小小的杂货车推过来推过去
有鸟儿飞向遥远处
你看到它尾巴上的黑点

梦的油污是睡眠最宁静的部分
土拨鼠把醒来当作下一个邻居
春天里，人们的血管长草
阳光路过心脏的时候
小小的青草抒怀故乡的情

昨天的你是你自己的邻居
一块抹布和一只眼睛遗失在过去
你返身，遇到炊烟升起
过去的人，劈柴生火
做虚无的一餐

那些死去的人，在故乡

生活得越来越柔软
他们是人们的邻居
泛黄的泥路是脚印的邻居
你拔一棵草
捧起泥土之下一张熟悉的脸

# 杨禾语的诗

杨禾语，福建福州人。香港中文大学与北京大学中文系双学位学生。诗歌散见于《诗歌月刊》《未名湖》《广西文学》等刊物。获第五届零零国际诗歌奖·华语诗歌奖、第四十五届青年文学奖小说初级组优异奖等。

## 需要的回答

最后，我们也赤足行进到了
这片结满木瓜的土地。
更多的你，正直立着谈话
好像有什么，已经被解答

一些声音尝试合起典故，决裂了
蝴蝶与婚姻。另一些
从神话中撕出干净的肚子，月亮般
奇迹的凹凸：想起自己
遭遇过的生命与生活，想象
曾如何被它们踩出感恩的形状

可是这究竟
算不算解答？

恳请一双睡起的仍有余光的眼：
她看见，这地界便延伸
在比故事更宽阔的后来，另一半我们也开始

## 倘若这些将成为她一生的仅有

可能存在一种，真正期待的生活吗？
问句湿腻着舔过海面，有一瞬间她希望海浪不肯放过的
是自己，从这一端席卷到
新的聚居地，或者带她回异乡，那个
所有问题的起点——你
会在哪个时刻真正离我而去

明天。那个被街道碾碎的声音还在说
还要说。你昨天
就已经问过了
是的，其实在很早的时候
她就知道，很长一段日子里
她都不会习惯迁徙，用一遍遍捡起而抛掷的母语
学习做一个，更顶天立地的人

倘若这些将成为
她一生的仅有，用另一个深夜的名字召唤
她渺茫的血脉，仿佛这样就真的能摸到
自己身上的自己。

# 蔡英明的诗

蔡英明，生于福建。首都师范大学硕士研究生在读。作品散见《诗刊》《星星》《飞天》《草原》《诗选刊》等刊物。参加第十一届《中国诗歌》“新发现”诗歌营。

## 落日

她沉浸在谈话中
如缀满叶子的树枝无法停止晃动

她的神情，果实般流动汁液
她回忆某段经历
而他说：“够了，你已说过许多次。”

她好似突然掐掉的开关
沉默
她的预感像灯罩外的北斗星
在昏暗中变得清晰

两只鸟立在枝头
说不清哪一只提前坠落
它们曾经重叠的阴影
呈半圆形。等待着落日降下

## 星球

爱是什么？爱是罪
那是爱的二分之一

爱装在杯底、行李箱、城市
与移动的时间里

爱被用过，并留下新的痕迹
爱需要殖民，衍生新的帝国

爱是两种不同神情的语句
在某个场景获得转换

它们获得平等
在超越飞鸟的地平线上

爱是一只小鸟
我们获得它的羽毛

和这个星球的六十亿人口一样
每人不平均地付出与享用

# 广西女诗人

## 陆辉艳的诗

陆辉艳，广西灌阳人，现居南宁。作品发表于《十月》《青年文学》《诗刊》《星星》《扬子江诗刊》《上海文学》《天涯》等刊物。出版诗集《途中转折》《高处和低处》等四部。获第十五届华文青年诗人奖、首届中国青年诗人奖等。

### 蝴蝶

蝴蝶也需要独处，它正用它密集的足
小心试探大地。有时
荒草间成群的白蝴蝶穿行
像对折的纸片在翕动
但眼前这一只，沉默，斑斓
翅膀上的波点花纹——望向天空的
多重眼睛，似在审视

当它移动到一个大鞋印里
图案的迷宫，让它疑惑地停住
那应该是一个男人，在雨中经过时
留下的皮鞋印，就像这个人的一部分
带着他的秉性与喜好，留在了荒野
像一块连接大地的线路板
凹槽深陷，保存着完整的雨水和记忆

而一只迷失在人类鞋印里的蝴蝶
将如何留下自己清晰的印迹

当它继续用足部移动，继而惊醒似的
扇动翅膀，它所走过
和飞过之处，都是这无垠天地间
必然而真实的一部分

**去江边**

去江边时，你带上了
心里的绳索和茧

江滩上，遍布不规则的石头
它们被铁丝网紧锁，固定在江堤
像误入命运的迷宫

而你看到的
是否真的如此——

春天，会有一场洪水
将它们身上的青苔冲刷干净
留下的淤泥，不久会长出红蓼
香蒲和鼠曲草
你的母亲会去采摘它们

去海边时，你什么也没有带
色彩斑斓的石头，砌成了房子
在坚硬的石头内部，有比回忆
更柔软的东西——
洁白的日子，带着海风的腥味和幻想

傍晚回家时，月亮已升起

你的手腕上多了一条
玛瑙石手串，细细的
仍有石头的重量。月光反复解开
灵魂的绳索和茧

## 缓冲

一排挖掘机，停在一个新的楼盘前
黄色铲斗垂下来，像在集体给大地鞠躬
它们埋着头，改变了这世界
而我埋着头，却难以改变微小的部分

这多么悲伤，并不因事物生发类比
时间强大到可以改变万物的旅程
以至于古老情绪的触角，仅能触及有限的
认知：如此狭隘，通往光芒的入口
在热闹的尘世之外
因而我一次次俯身，为写下的某个句子
制造自动回归的合页，以缓冲身体里
日益密集的狂风和记忆

# 羽微微的诗

羽微微，本名余春红，现居广西。中国作家协会会员。参加鲁迅文学院第四十二届中青年作家高级研讨班。出版诗集《约等于蓝》《深蓝》。获2012年度“茅台杯”人民文学奖·诗歌奖、2005·中国年度先锋诗歌奖。

## 仿佛有着无尽的哀伤

黄昏总是一天之中最短暂的时刻
远离了昨日
但也没有更接近未来
有没有名字的，都将隐身于黑暗

无所畏惧，也许是因为来日方长
银河里的星星多么好
它们用回忆在闪烁
却依然那么清晰和明亮

而黄昏总是短暂，晚霞逝去
说离别的人挥手微笑着
身后的落叶一片两片地飘落
仿佛有着无尽的哀伤

## 离歌

风一直吹

有七八颗星星
被吹得越来越近
它们在大地上没有影子
而我们的影子
被缓缓吹起
像是两片翻飞着远去的叶子
像是两个翻飞着远去的人
人浮于世
常湿衣襟
我深深地呼了一口气
湿了眼眶
此时此刻有何相赠
柳枝不常有啊
何况离别应与沉默更合衬

**涟漪**

雨点敲打着树木
叶子泛起涟漪
落叶敲打着大地
湖水泛起涟漪
石子敲打着湖水
影子泛起涟漪
回忆敲打着影子
我泛起了涟漪
就像泛起了很多个自己
然后我将她们轻轻地推远了

# 隆莺舞的诗

隆莺舞，壮族，生于广西靖西。诗歌见《扬子江诗刊》《星星》《诗歌月刊》《长江文艺》《广西文学》《汉诗》《诗收获》等刊物。

### 安静的物体画出名字

一生当中登上的第一个岛
总有一只还活着但不开口的海星
一块没活过也不开口的石头
我命海星和石头聚在一起
实际上是把海星捡起来放在石头边

它们安静，我感觉在收拢同类
孤鹰飞过看见我，看见大地像一张桌子
我们聚在桌子上，用树枝画来画去
因为我们画下名字，放进大大的爱心中央
它看见我们签下了关于很多
很多很多的协议
却不会说我们是在游戏

活到头了，孤鹰就如弓箭
落到我的沙滩
重重印下它舒展的身体
永远有另一只孤鹰
飞过，看见我用树枝画来画去
我在加深那个印记啊只是在加深

我解开落鹰脚趾上绑着的纸条
我的名字就在上面但丝毫没有给我
带来任何震颤
我认不出
我画下它，在我画的所有静物旁

## 麻椒的短暂制衡效果

我们去重庆，穿楼而过坐在巷子里
吃麻椒，我嚼了两粒
而你看我咽下
其他的如密麻人儿漂浮水上，在你那碗里
我们说好在重庆，轻轻品尝，重重咽下
不是你这样观我脸红
再看它们在你的汤里集队
不是我们挤进地铁
我因麻椒而头晕生幻，摊开双手
你称赞我现在平衡且可爱
不是这样
我们要面对面坐着，一起咀嚼
一起咽下
我们都从肚子里出来知道那里温暖安全
让麻椒进入血液，让我们头晕
让它们勾起我们怀疑老板往汤里加入了迷药
让我们互骂：看那么多爱恨情仇的故事
只会生疑
之后才慢慢地，它的作用也像它的躯体一样消失
于我们体内
我们醒了
度过一场虚惊之后决定挽手归家
——今日，不捡垃圾桶里的瓶罐

# 卢鑫婕的诗

卢鑫婕，广西柳州人。广西作家协会会员，入选广西作家协会“文学桂军”新锐作家扶持计划项目，参加柳州市作家协会第七届青年作家培训班并签约。诗歌散见于《诗刊》《诗选刊》《广西文学》《作品》等刊物。参加鲁迅文学院第四期公安作家研修班、鲁迅文学院广西青年作家高级研修班。获2018年中国公安诗歌新锐诗人奖。

## 解构

橙子被剥掉小半边皮
从淌满汁水的手中解脱
在暮色的掩饰下
仿照落日沉下水面
黯然谢幕。我们站在远处山头
再次环绕这座新的星球
哪一条山脉正在迟疑生长
河水是否低过岸边苔原
白色脉络从亿万年前的褶皱中
开始联结山脉和海洋
新的世界，植物也会枯萎
路过我们。在光被折叠的一瞬
河中太阳也许在倒立，也许在爬升
在我们也将消失在暮色前
你提议，去尝尝橙色河水的甜

## 长命锁

他把剪刀、门锁、手链
所有闪着光泽的东西全部
扔进了炉子
现在，只剩下跳动的火光
他把锋利、有重量、顶有用的
这些东西都融进了一个锁里
他怀抱着锁，暖了又暖
牢牢套在月光下
那个白皙修长的颈脖上
套着缰绳的马，现在可以启程了

## 余洁玉的诗

余洁玉，广西贺州人，中国作家协会会员。诗歌散见于《人民文学》《诗刊》《星星》《草堂》《作品》《新华文摘》等刊物。有诗入选《2022 中国年度诗歌》等选本。出版诗集《云上的沼泽》。

### 画猫的人

他画过很多只猫
纯白的、橘黄色的、灰白相间的……
但没有一只
存活在现实中
占据他的座椅、床铺、写字桌
在他下班的时候
跳上他的腿，占据他的膝盖

这多少有些遗憾。有一阵子，他被猫叫
吵醒了
他怀疑，是他画中的猫
成了精

当他跟我说起
关于猫的事，我竟然相信了
他的忧郁，也是一只等待在夜晚中的
黑色的猫

## 一生所愿

豌豆苗爬上篱笆
睡在叶子上的虫子醒了
麻雀在叫
核桃在我的手中
我在敞开的铁门中间

过了许久，太阳才从雾中
挣脱出来
把光芒洒向万物

而我仍然做着
困兽之斗
从一个场院
转到另一个场院

我不快乐。即使我收获了
一束玫瑰花
一杯冰镇饮料

一生所愿，不过如此：
看豌豆苗爬上篱笆
看风起云涌，大地沉默不语

# 海南女诗人

## 艾子的诗

艾子，生于海南，毕业于海南师范大学。中国作家协会会员，海南省作家协会副主席，海南大学兼职教授。已出版诗集《寻找性别的女人》《异性村庄》《静水深流》《向后飞翔》《诗意与诗人的不确定关系》。获1994年世界华文诗歌优秀奖、“2008—2009年海南文学双年奖”年度新人奖、2019两岸诗会桂冠诗人奖等。

### 我与一株植物有着相同的境遇

我提着沉重的本命年
蹲在一株滴水观音旁
看她抽着自己身体里的水分
宽大的叶片捧出新分娩的水珠
洁净如水晶的水珠
太阳给它涂上万物的颜色
包括薄凉与迷惘

一阵风吹来
水珠在叶子上滚动
它就要坠落了，就要坠落了
——它多么像我心里的泪水
我不让它们掉下来
我要让它们成为身体里的盐
地壳下的水晶

——愿它们与世间的苦难
相互照亮

# 衣米一的诗

衣米一，生于湖北，现居海南。著有诗集《无处安放》《衣米一诗歌100》《衣米一新作快递：塞尚的苹果》《衣米一诗选》等。

### 睡莲，兼致陈亚冰

你用微信
给我发来美国油画家
查尔斯·杨·沃尔斯的作品图片
你说，画面中那团红色
好像飘在画布上，色彩
在画布的痕迹，流出速度
那是沃尔斯画的一张美妇人肖像
高光落在她右肩上
红色帽子，以及红色吊带裙
以及侧颜，部分被照亮
距离我家150米的一条河
被光照亮的，是开紫红色花的睡莲
羞涩，静谧，摇曳
似乎美妇人来到河里
或者睡莲去了画布
似乎我们仍有可以依靠的美
在画布那里，在河这里

# 广东女诗人

# 郑小琼的诗

郑小琼，生于四川南充，后南下广东。作品发表于《人民文学》《诗刊》《福建文学》《独立》《活塞》等刊物。有作品译成德、英、法、日、韩、俄、西班牙、土耳其、越南、尼泊尔等语种在国外出版。

## 给表兄

跟着一节空荡荡的车厢挺进黑夜
我们像尖刀，剖开它柔软的身体
它像波浪覆盖我们，死亡是另一张面孔
压着表兄肥硕的身体，等待复苏的心脏
带他朝天空飞翔，火车穿过南方的身体
我们还在童年的河流，下水嬉戏
有时他向我诉说野芹菜般的下午
甜糯的夜晚里桦树林中的河流
月亮穿行每一条河，在山冈那边
枕木在夜晚静静倾听回忆的旅程
镜中花树，远方是一个女人的宇宙
我倾听火车碾过铁轨时的沉闷
仿佛宿命从我们身边经过
我在黑暗的车厢里寻找晦暗之夜的黎明
列车将我带入一片时间茂密的丛林
列车员坚硬的时钟扭动着晚点的行程
我用列车穿过溺水般的时空
像童年的我们，用身体划开淹没我们的波浪

# 冯娜的诗

冯娜，白族，生于云南丽江，现居广州。著有诗文集十余部，作品被译为英、俄、韩等多国语言。参加第二十九届青春诗会。获第十二届全国少数民族文学创作“骏马奖”等。

## 蘑菇季

两手空空，采蘑菇的人
在山林中转了一圈又一圈
雨一阵晴一阵，这是最好的蘑菇季
——如果今夜牧场能再添一头牛犊

黄色的蘑菇贴地长出耳朵
人的脚步声、鸟儿啄食、泉水咕嘟……
不同的震颤，让蘑菇渴饮着地气
又躲闪过鹰隼的眼睛

等头顶的乌云过境
我就要加入蘑菇的阵营
让那些珠芽蓼、雪灵芝、耧斗菜都在我身边开花
还有马蹄从我身边掠过
但不踩踏

噢，是谁的双手捧起我
连同全部的地衣、桦树、野蓟
连同一小袋炒过的青稞、一口喝剩的老酒

火星落在牛毛毡上
噢，一点点香气沾在了谁的手指上

## 在甘南

一朵黄刺玫，阿妈的头巾明晃晃
在甘南，蒲公英顺着河水越来越轻
一颗绿松石，幽深似爱侣的眼眸
在甘南，我脱下来自南方的笨重盛夏
我拥有了一件虎耳草的清凉衣裳，甘南
我听见一头小马驹在唤我：
合作、舟曲、卓尼、夏河、蕨麻、龙胆、狼毒……
我投影在它身旁，牧场的云悠悠荡荡

甘南，你要是数不清牛羊翻过多少山冈
就把失去的季节别在我的襟口上

## 安然的诗

安然，满族，现居广州。出版诗集《北京时间的背针》《我不是你的灌木丛》《站在星光的袖口上》《萤灯挂在北冰洋》《骑马路过达里诺尔》。获第四届草堂诗歌奖·年度实力诗人奖、《草原》文学奖（2016—2017年度）诗歌奖、“名人堂·2018年度十大诗人”称号、第四届“中国天水·李杜诗歌奖”新锐奖等。

### 贡格尔草原之夜

禾草整齐地站立在河岸
马匹踏着针茅的暗影彻夜嘶鸣
我以最快的速度来到草原中央
枕着悠悠大地，盖着辽阔苍穹
与时光比肩而眠

我是那么小，那么软
秋风吹着我紧张的、战栗的瞳孔
勾勒出我心中的宏伟和高光
我又一次在故乡的深夜里辗转
陷入无限的困境

怀着对故土和兰泽的敬畏
我的深情被昼夜之爱包裹
汽笛在贡格尔草原的公路上长鸣
一切都变得平稳、厚重、悠长
故乡在我的背部向羊场撤退

夜的静谧在蔓延
我在古老的月光下饮草叶的锋芒
这么香甜，这么重
如此相逢，让我在味蕾中
对故乡生出新芽

## 骑马路过达里诺尔

晨曦清亮，晴丽在琴音的雄浑中
诗人在达里诺尔湖边
我在这里晚归、沉醉，和朋友
骑马而过

他们是我的族人
操着方言，唱着旗歌
在比萨斜塔中获得永恒的乡音
我和他们一样，爱在心中狠狠生长

我们开始怀念往昔和大地的风光
以及照进肉身的疼痛和欢愉
我们开始变得悲悯
如同湖中放肆游弋的华子鱼
穿过异乡的经纬
来到我们的悲悯之处洄游

## 宝兰的诗

宝兰，中国作家协会会员、中国诗歌学会理事、广东外语外贸大学创意写作中心导师、宝兰文学基金会理事长。作品刊发于《诗刊》《星星》《作品》《扬子江诗刊》《钟山》《上海文学》《绿风》《草堂》等刊物。参加第十届青春回眸诗会。获 2018 · 第二届“中国十佳当代诗人”称号、2019 · 第四届中国长诗奖“最佳新锐奖”。

### 苦菜花

一朵乌云在时间内部翻滚
在万物失序的季节
冰冻期提前降临
我在古人退出后的中原
过着零度以下的生活

被无数人路过
我的存在过于沉重
犹如天空穿过宿命
缄默的内部，埋着很多深渊

“断裂的文明和破碎的生活”
以至于后来，每当想起
日子就沦陷在那个下午
恍如当年，我试图劈开无边黑暗
把阴影一点点抹去痕迹

这个春天已经死亡
在时间的箭镞下，我目睹了
“一只小鸟苦苦飞翔的一生”

## 左山

左山的冰川，在那头，不相见
尽管我一直遭遇极寒天气
我看到的雪，只落在草上、树上
沟壑里，不踏入市井半步
这样的白经不起推敲

冰喜欢在无人区安营扎寨
一些鹰鹫落在上面，有影子滑过的痕迹

一股清流，因久处高地
被温度和落差劝说，蜕变成铁石
你忽略冰的傲骨是通达
仅坚守脆弱的硬，便白了心肠

身在云端，更应感怀天下
标杆的尽头，也要有柔软的部分

如火把，如鲜红的旗帜
是燃烧的热血、悲悯的心，而不是甩出的鞭子

如果你忘记星空
将无法感知大地始终都在旋转
请放弃脑海里的方向，放下狼牙般的锯齿

与其相信左山，不如相信光阴的力量

## 这一天

从点燃一炷香开始
从一千遍的祈祷开始
坐在书房
一首诗选择了我
我像打量一枚银币
将它掂来掂去
并享受这轻轻袭来的醉意

终于可以把自己的思想留给
这自足的时光
适量的细雨与冷风
抵达了这个春天
我开始同情那些被雨水打落的花瓣
开始思考关于万物腐朽的问题
和布勒松的决定性瞬间

楼下有孩童嬉戏打闹的声音
我站在窗前
这光亮的世界似乎让我又回到了
三十年前的故乡
我忘记了头上越来越多的白发
和长夜里奔跑的泪水

黄昏的时候我看到
一只鸟与一只猫的对视
无法知晓它们在交流什么

我慢慢移动着桌上的茶杯
倒出全部的隐痛和热爱
进入夜的内部

# 阮雪芳的诗

阮雪芳，现居深圳。作品发表于多种刊物、入选多种选本，部分作品被谱成打击乐在德国、瑞典、澳大利亚演出。出版诗集《钟摆与门》《在记忆的树冠上》《水的肖像》等。获第十一届广东省鲁迅文学艺术奖（文学类）、第十届深圳青年文学奖等。

## AI对话的八种可能

第一只蜘蛛跨过了地铁
雨珠和人群同时在天空行走
第二块酒馆牌子画上插图
拥抱的人眼里露出蓝色惊恐
第三堂课分发的蛋糕有穷人的可可
绿缆车经过瀑布众佛头顶千万个清澈的呼救
第四个夜晚你像金鱼一样沐浴
白色溶蜡涂抹在身上
第五只气球升到阳台
裁缝用针尖尝试咖啡的味道
第六条信息写满天真的谎言
怎么说出高出自我的事物
第七家客栈住进来历不明的人
你爱过乌黑闪亮的眼睛
第八块生活碎片
找到它，只为了平静和哭泣

## 画

他作画
画树的背影，鸟的背影，老虎的背影
仿佛它们都在离去
有时，他也画人的背影
很多故事的背影，无话可说的背影
悲伤的背影，禁锢的背影
黑暗中伤痕突然击中的背影
——被光取消

他一生都在给尘埃上色
并用酒精、遗忘和刀子刮掉

## 王瑛的诗

王瑛，现居广东广州。文学博士，华南农业大学中文系教授，中国叙事学学会理事，广东省写作学会副会长。出版学术论著《叙事学本土化研究（1979—2015）》《叙事的秘境与诗意》，诗集《昨夜，誓言一样的青铜器》，主编诗集《春风破：岭南十女诗人诗选》。

### 不许

天不许蓝云不许白
月不许弯也不许圆
路边的小野菊
你不许这样明目张胆娇娇嫩嫩地开
还有你
不许笑眉笑眼闯到我的窗边来

### 成本

精明的人最懂得计算成本
比如溯溪而上
有鸟鸣几何　野花几何　林木几何
人们的笑容几何

我这种数学不好的人
最是不敢轻举妄动了

# 布非步的诗

布非步，籍贯河南南阳，曾用名布尔乔亚。

## 守月

——兼致温文锦

如果你的心疼痛，它不会永远疼痛
我们还要等待多久？

这也是我的问题
秋天已深入到一棵接骨木的身体

内部，黄昏贴地飞行
比时间更快的是，关于美的流逝的
不确定性隐喻。光芒那么容易闭合
仿佛月亮沉入群星的黑暗里
它曾经像鞭子抽打在我们的脸上
还有一群舞蹈的孩子
他们爱着这上升的方式
就像爱上自闭

## 给你两个小时

只有一个人会向所有人赞美
你钟情的金牛座

让姑娘眼中的春色绝望
给你两个小时的飞行时间
就像我的轻，抹香鲸的脂肪一样
一个拥抱就会溢出来

我带走所有迷失于夜晚的星星
它们凌晨也不回家。

## 护国资福禅寺的诗学

红螺湖，一只喜鹊在草地散步
它一定没有觉察到脚下的雪意
又低下去几分
风在，阳光仍在
所有的死亡，先变成绿，
——再变成深绿
而按照生存法则，不能触摸到的真实性
都值得存疑
在这里，某个被人间烟火遮蔽的瞬间
一片木头都有执着的生命力
譬如螺蛳塔旁，静立的雌雄银杏树
在三月的梦里越陷越深
割裂着我们剩余的睡眠。

# 香港女诗人

## 何佳霖的诗

何佳霖，常用笔名度姆洛妃，生于广西，现居香港。1984 年开始文学创作。中国作家协会会员，香港女作家协会会长，《文汇报》影评专栏作家。著有多本诗集。参加第二届诗画十佳·女诗人艺术展，入选“2021 年度生态诗作十大汉语诗人排行榜”，获第十六届国际诗人笔会“中国当代诗人杰出贡献金奖”、中国十大女诗人奖等。

### 埂上的花香漫过多少人的脚步

多久没闻到绿的涌动，生命的枯槁占了上风
你敢挣脱一种不平衡的力与咒语，如同你淡然而笑古人的“但愿人长久”
老天把向上的力量赋予一只家犬，却无法让一个女人拥有爱情
生活与哲学是互相支撑的两个老人
埂上的花香漫过多少人的脚步，就有多少人的脚步错过埂上的花香
水在水里找不到水啊，人在人里找不到人

狗和落日，女人和驴，车与旅途，你和我，所有都是假象。

### 我的双手仍戴着镣铐

空有一副皮囊抵御风霜
万物及身又身无一物
你认识我吗？我的双手仍戴着镣铐
一身名利

一身贫穷
所有颜色都在障我的眼啊
我分不出春秋渐变与黑白冷暖
我无法在凋零的莲里看到你内心的荒凉和希望
只借于酒力的疲沓能让一朵花开吗？一只候鸟的声音已透露太多的人间福祸
原谅吧，我写不出一句豪迈的文字，鼓励争先恐后的人类
不是还有一根笛子吗？它不能喝令战火停下
但能把你心里的锦绣徐徐打开

## 吴燕青的诗

吴燕青，中西医医学学士、中国语文教育硕士、戏剧教育硕士。做过医生，现从事教育工作。作品发表于《诗刊》《星星·散文诗》《香港文学》《草堂》《大公报》《作品》等报刊。著有诗集《吴燕青短诗选》(中英文双语版)、《闪闪发光的事物学会匿藏》。

### 在群星之中

清晨提回家的一篮蔬菜
带着雾气和露珠(这是你热爱的)
一些肉类　避不开地要出现在饭桌上
不停清洗双手　血腥味一直都在(你认为)
清洗贝类的时候
它们划伤你左手的食指
双氧水在伤口上嘶嘶冒泡
忽略血滴和疼痛
你捧出佳肴
在孩子和丈夫的咀嚼声中
得到一天的赞赏
可这不是你想要的
你的心头奔腾着马匹
起伏着蔚蓝的波浪
你的双眼凝视花朵时
盈满晶亮的星辰
而就在那一刻
你置身群星之中
拥有自己的星光

## 万物来不及深刻

睡眠是浅的
一阵雨声就惊醒了梦
阅读是浅的
在一首诗的前奏停下
书写是浅的
伟大的篇章还未开头
（永远没有开头）
打开的花朵是浅的
只吐出薄薄的香
月亮是浅的
苍白的光穿不透云层
认识你是浅的
一个微凉的背影
消失的事物是浅的
来不及认识来不及回忆
人间是浅的
激起的浪花盖住明天
你尝试飞翔游泳奔跑跳跃
然后
跌落也是浅的
肤体的疼痛记忆短暂
欢愉也是浅的
像湖水的咸度一样淡
我有浅浅的悲伤
来不及深刻
在这浩瀚的世界
万物都来不及深刻